새 엄마가 데려온 딸이 전 여친이었다

"손을 뻗으면 네가 있어"

10

"아~. 그거 말이구나!"

미나미 아카츠키
Akatsuki Minami

유메는 내 얼굴을 곁눈질하듯 올려다본 후,
몸을 돌려서 자세를 바꿨다.
천장을 바라보려는 듯이.
항복한 강아지처럼— 두 손을 벌리며.

"나는, 화 안 내거든……?"

옷 위로 드러난 두 봉우리를 나에게 허락하는 듯한
그 자세를 보자, 나는 한동안 숨을 쉬지 못했다.

손을 뻗으면 네가 있어

전 여친이 엄마가 됐다

새 엄마가 데려온 딸이

10

카미시로 쿄스케 지음

타카야Ki 일러스트

이승원 옮김

목 차 Contents

이렇게 시작되고, 이렇게 이어져 간다

이리도 유메 ◆ 새로운 일상

"다녀오겠습니다~."

현관에서 신발을 신으며 그렇게 말하자, 거실문을 열어본 엄마가 의아한 표정을 지었다.

"어머? 유메, 새해 첫날부터 어디 가니?"

"친구와 약속이 있어."

내가 생각해도 거짓말이 참 능숙해졌다. 이 아홉 달간의 동거 생활이, 성실한 게 장점인 나를 거짓말쟁이로 만들었다.

하지만 지금만은, 그 꺼림칙함도 기분 좋게 느껴졌다.

"그렇구나. 조심해서 다녀오렴~."

"응."

나는 별일 없이, 현관 밖으로 나섰다.

1월의 추운 바람이 피부를 찔렀다. 나는 머플러로 입가를 가린 후 걸음을 옮겼다. 그리고 모퉁이 하나를 돈 후에 멈춰서서 몸을 숨기듯 돌담에 기대섰다.

잠시 기다리자 발소리가 들려왔다. 내가 돌담에서 등을

뗐을 때, 마침 모퉁이를 돌면서 나타난 한 남자애가 나를 향해 가볍게 손을 흔들었다.

"여어."

"응."

짤막한 인사.

그럴 만도 했다. 『좋은 아침』이나 『안녕』 같은 인사는 집안에서 이미 나눴다.

의붓 남매— 그리고 연인.

이리도 미즈토와 나란히 선 나는 걸음을 뗐다.

"새해 첫날부터 외출이라니, 세상 사람들은 참 기운이 넘치네."

퉁명한 얼굴을 머플러로 약간 가린 미즈토는 평소보다 약간 앳되어 보였다.

"네가 집돌이일 뿐이거든?"

"세상이 너무 활동적일 뿐이야."

"인류가 전부 너처럼 나태했다면, 옛날 옛적에 멸망했을 거야."

"그렇게 되어도 괜찮도록, 빨리 AI나 로봇이 발전해서 문명을 유지해줬으면 좋겠는걸."

"존엄성이 바닥을 치네."

어처구니없다는 투로 그렇게 말한 나는 추위 탓에 빨개진 손을 향해 새하얀 입김을 불었다.

미즈토는 그 모습을 힐끔 쳐다보더니…….

"장갑을 끼지 그랬어."

"그게~ 깜빡했어~."

거짓말이다. 실은 흑심을 품고 있다.

나는 양손을 내린 후, 호주머니에 집어넣은 미즈토의 손에 손등을 살짝 댔다.

전에 배운, 이성에게 보내는 사인이다.

"……."

"……."

잠시 뜸을 들인 후, 미즈토는 아무 말없이 호주머니에서 손을 뺐다.

그리고 자신의 따뜻한 손으로 차갑게 식은 내 손을 감쌌다.

"……후후."

리액션은, 옅은 미소만으로 충분하다.

걸음을 내디뎌서 미즈토와 어깨를 맞댄 나는 미즈토의 온기를 느끼면서, 신사를 향해 걸어갔다.

1월 1일— 내 올해는, 이렇게 시작됐다.

이리도 미즈토 ◆ 새해 참배 데이트

단둘이서 참배를 가자는 말을 들었을 때는 갈지 말지 망설였다. 하지만 우리는 운명이라는 것에 실컷 농락당했던 만큼, 심기일전과 앞날을 점치자는 의미에서 신의 안색을 살피는 것도 나쁘지 않겠다는 생각이 들었다. 신이라는 자식이 의지해도 되는 존재인지를 떠나, 하다못해 더는 저주를 내리지 말아달라고 비는 것은 신앙심을 떠나 인간의 도리이리라.

행선지는 한밤중에 유메가 미나미 양 일행과 갔던 유명한 신사가 아니라, 집 근처에 있는 그다지 유명하지 않은 신사다. 집 밖을 잠시 쏘다니기만 해도 신사를 보게 되는 교토에 산다는 점은 이럴 때 편리하다.

하지만 오후에 가면 다소 한산할 거라는 내 예상은 완전히 빗나갔다.

"으윽……."

"자, 인상 풀어."

초만원이라는 말에 걸맞은 신사를 본 내가 질색을 하자, 유메가 내 손을 잡아끌었다.

"이렇게 혼잡하면 아는 사람이 우리를 알아볼 걱정을 안 해도 되잖아? 생각하기 나름이야."

"너는 대체 언제부터 그렇게 긍정적으로 생각하는 애가 된 건데……."

"으음~, 오늘부터일까?"

에헤헤, 하고 유메는 멋쩍은 듯이 웃었다. 아아, 그런가. 들뜬 것이다. 새해 첫날이라서가 아니라 새로운 관계, 그리고 새로운 일상에 말이다.

나도 남 말할 처지는 아니다. 그렇지 않다면, 새해 참배 같은 어울리지 않는 짓거리를 할 리가 없다.

사귀던 시절이라는 표현은 이제 옳지 않다. —중학생 때, 우리는 함께 새해 참배를 하러 가지 않았다.

나와 유메는 사람들로 북적이는 곳을 좋아하지 않았고, 겨울 방학에는 얼굴을 마주할 기회도 거의 없었기에 좀처럼 말을 꺼내지 못했다. 그때 신에게 제대로 빌어뒀다면, 헤어지지 않았을지도 모른다—.

—하아, 정말. 신 탓을 하는 게 버릇이 됐어.

이렇게 과거를 돌이켜봐도 아무런 의미도 없다. 우리는 이제 전 남친과 전 여친이 아니라 현재진행형 상태인 연인 사이니까 말이다.

절을 두 번 하고 박수를 두 번 친 후 절을 한 번 한다.

수많은 인파 사이에 서서 새전함에 돈을 넣은 후, 우리는 열심히 기도했다.

이번에는 영원토록, 행복하게 사귈 수 있기를— 하고 말이다.

이사나가 일러스트레이터로서 성공하기를 빌까도 했지만, 내 안목이 틀리지 않았다면 걔는 신에게 기원할 필요가 없다. 인간으로서 해야 할 일을 다한 후에 하늘의 뜻을 기다린다는 말이 있는 만큼, 하늘의 뜻에 미움을 받고 싶지 않다면 개가 직접 참배를 해서 그런 기도를 올려야 할 것이다.

인연이라는 건, 결국 운이다.

운명의 장난에 의해 여기까지 오게 된 나이기에 단언할 수 있다. 사람의 인연 이상으로 운에 맡겨야 하는 게임은 없다. ―그렇기에, 신에게 빌 수밖에 없는 것이다. 이 인연을 열심히 지켜갈 테니 부디 도와주소서, 하고 말이다.

굽히고 들어가야 하는 점이 불만스럽기는 했다.

"저기, 제비 뽑아보지 않을래?"

참배를 마친 후, 유메의 말에 따라 신사 사무소 앞의 줄 끝에 섰다. 제비를 뽑은 후, 무녀(아마 아르바이트)에게 신의 계시가 적힌 종이와 교환 받는다.

그것을 가지고 이동한 후, 유메가 나를 돌아보며 말했다.

"무녀분, 귀여웠지?"

"뭐, 그래."

"내년에는 나도 아르바이트를 지원해볼까."

나는 무심코, 그 모습을 상상하고 말았다. 홍백색 무녀복을 입은 유메. 긴 흑발을 하나로 모아 묶은―.

"……짜고 치는 느낌이 풀풀 나겠네."

"그게 무슨 소리야?!"

"너무 잘 어울린다는 거야."

유메는 볼을 부풀리더니…….

"……좀 솔직하게 말해주면 안 돼?"

"흑발 롱헤어 무녀복 차림을 순순히 칭찬하는 건, 너무 충동적인 행동 같아서 거부감이 들거든."

"오타쿠는 되게 성가시다니깐!"

외모와 머리 모양을 보면 무녀복이 어울릴 게 틀림없지만, 의외성이 너무 없어서 발상 자체만 보면 좀 밀리는 느낌이 든다. 이사나의 창작을 돕고 있어서일까. ……뭐, 유메의 무녀복 차림을 보고 싶지 않다는 건 아니지만 말이다.

"그것보다 빨리 제비를 확인해보자."

"무녀 이야기를 꺼낸 건 너잖아."

우리는 함께, 각자의 제비를 펼쳐봤다.

나는 소길(小吉)이고, 유메는 말길(末吉)이었다.

"……고만고만한걸."

"……고만고만하네."

개인적으로 큰 계기가 있었다고 해서, 신이 배려해주지는 않는 것 같았다.

"아, 그러고 보니 말이야. 제비에서 중요한 건 위쪽에 적힌 시라더라고."

"뭐? 그래?"

보통은 연애나 장사나 학업 같은 항목에 눈길이 가는 바람에 웬만한 사람들은 존재조차 모를지도 모르지만, 제비 구석에는 시가 적혀 있었다. 이 시에는 수십 종류의 패턴이 있으며 그 내용이 신의 계시다, 라고 인터넷에서 본 적이 있다.

"즉, 수상한 정보인 거네……?"

"그렇다고도 할 수 있지만, 이제까지는 신경 쓴 적이 없거든."

"그건 그래……."

모처럼 생각났으니, 읽어보기로 했다.

내 제비에 적힌 것은—.

봄바람에   연못의 얼음   녹아내리며
화사한 꽃이 피어나   수면에 비치노라.

"……얼음, 녹았구나?"

내 제비를 들여다본 유메가 의기양양한 미소를 지었다.

"저기, 꽃은 누구야? 녹은 연못에 비쳤나 봐?"

"……자의식 과잉이네."

유메는 기분 좋은 듯이 작게 웃음을 흘렸다. 하아, 정말. 제비에 적힌 내용일 뿐인데, 왜 내가 이렇게 부끄러워하는 거지.

"네 제비도 보여줘!"

나는 유메의 손목을 당겨서 제비를 들여다봤다.

유메의 제비에 적힌 것은—.

잔잔하게   보이는 바다   바람이 불자

조각배가 뒤집힐 듯   거칠게 파도치네

"……왠지 불길한걸."

잔잔한 바다에 파도와 바람이 일어서 조각배가 위험해진다, 라는 의미의 시 같은데, 이것이 올해 운세를 암시한다면 불길했다. —말길은 꽤 나쁜 제비인 것 같네.

유메는 제비에서 슬며시 눈을 떼더니…….

"어, 어차피 제비에 불과하잖아? 어린애나 이런 오컬트를 가지고 불안을 느끼거든?"

"불안한 표정으로 그런 소리 말라고."

나는 작게 웃으면서 유메의 어깨를 가볍게 두드렸다.

"괜찮을 거야. 네 조각배에는 나도 타고 있잖아."

유메는 눈을 치켜뜨면서 내 얼굴을 응시했다.

"……방금, 혹시 폼 잡은 거야?"

"응?"

"폼 잡은 거지? 사귀기 시작했다고 폼 좀 잡아본 거구나? 우쭐해서 느끼한 소리 좀 하고 싶어졌나 봐?"

"으~~~~! 나는 그러면 안 되는 거냐고!"

유메는 즐거운 듯이 환하게 웃었다. 틈만 나면 이랬다! 괜히 위로해주려고 했다!

……하지만, 이런 대화도 중학생 때는 나눈 적이 없다.

우리는 과거에 사귀었고, 헤어졌다. 하지만 그 시절에 뭐든 다 경험하지는 않았다.

새로운 것들이, 아직도 우리를 기다리고 있다.

그렇게 생각하니, 다소 풍파가 이는 편이 아무 일도 없는 것보다 나을 듯한 느낌이 들었다.

함께 제비를 나뭇가지에 동여맨 우리가 슬슬 돌아갈지, 아니면 어디 들를지 의논하고 있을 때였다.

"어? 유메찌?"

목소리를 듣고 고개를 돌려보니, 눈에 익은 키 큰 선배와 앳된 머리 모양을 한 선배가 이쪽을 쳐다보고 있었다.

이리도 미즈토 ◆ 새해부터 되게 과시하네

"유메찌도 새해 참배 온 거야~?"

모피가 달린 코트를 걸친 투사이드업 헤어스타일의 여자애— 아소 선배가 손을 흔들더니, 옆에 있는 키 큰 남자— 호시베 선배를 잡아끌며 다가왔다.

호시베 선배는 내 얼굴을 보더니 「여어」 하고 짤막하게 인사했다. 나는 슬쩍 고개를 숙여서 인사에 답했다.

"아…… 아소 선배……."

유메는 은근슬쩍, 한 걸음 정도 나와 거리를 벌렸다.

"선배도 새해 참배를 온 거예요? 이런 우연도 다 있네요."

"여기는 우리 학교 학생이 자주 오는 곳이야~. 나는 새벽에 와서 일출을 보고 싶어~! 라고 했는데, 선배가 졸린다고 하더라~."

"새해 첫날의 신사는 춥고, 사람도 많아서 별로야."

호시베 선배가 퉁명한 어조로 그렇게 말하자, 나는 마음 속으로 그 말에 동의했다.

아소 선배는 히죽 웃더니, 20센티미터 위편에 있는 호시베 선배의 얼굴을 올려다보며 말했다.

"말은 그렇게 해도, 새해 첫날부터 귀여운 여친을 만나서 기쁘잖아요?"

"하아~ 그래그래. 한밤중에 죽어라 전화를 걸어대는 여자를 『귀엽다』고 말할 수 있다면 말이지."

"너무해! 모처럼 선배를 위해 대학 합격 기도를 드리려고 온 건데!"

"미안하지만 나는 추천 입학 확정이야."

"기도하는 보람 없어~~!"

그 여행 이후로 이 커플은 잘 지내고 있는 것 같았다. 사귀기 전과 별 차이 없는 것 같기도 하지만 말이다.

"미, 미안해."

그제야 다른 사람 앞이라는 것을 떠올린 건지, 아소 선배는 우리를 쳐다보며 「어?」 하고 고개를 갸웃거렸다.

"유메찌는…… 동생과 둘이서 참배하러 온 거야?"

"아~, 뭐……."

유메는 애매하게 답하면서, 슬쩍 눈길을 돌렸다. 그러자 아소 선배는 미간을 더욱 모으더니, 호기심에 찬 눈길로 우리를 번갈아 쳐다봤다.

"혹시……."

바로 그때, 유메가 내 팔을 꽉 움켜잡았다.

"저희는 집안일을 도와야 하니까, 이만 가볼게요!"

그렇게 말하며 내 손을 잡아끌더니, 허둥지둥 신사 입구 쪽으로 도망쳤다.

입구의 기둥 문을 지나고 선배들의 모습이 인파에 섞이며 완전히 사라진 후, 나는 뒤를 돌아보며 말했다.

"괜찮겠어?"

유메는 저 선배와 이런저런 일을 상담했던 것 같으니까, 사실대로 이야기해줘도…….

"조금만 더……."

유메는 불쑥 그렇게 말하더니, 슬그머니 내 팔꿈치를 끌어안았다.

"독점……하고 싶어."

그리고, 애원하는 듯한 눈길로 나를 응시했다.

"안 돼?"

그 얼굴을, 나는 뚫어지게 쳐다보고 말았다.

그 시점에 답은 나온 것이나 다름없다.

"딱히 안 될 건 없어……."

"에헤헤. 고마워."

유메가 금방이라도 녹아내릴 듯한 부드러운 미소를 머금자, 나는 더 쳐다볼 수 없어 눈길을 돌렸다. 걸을 때는 앞을 봐야만 하니까 말이다.

……독점, 인가.

그 말을 되새기면서, 머리 한편으로 생각했다.

하지만, 이미 한 사람에게는 이야기했는데 말이야.

이리도 미즈토 ◆ 여사친으로서의 결판

다음 날인 1월 2일.

내 방에서는 히가시라 이사나가 선물용 과자 상자를 자기 앞에 둔 채 무릎을 꿇고 있었다.

"……."

"……."

그 모습을 보며 아연실색— 아니, 완전히 질려버린 이는 바로 나와 유메였다.

이사나는 유메를 향해 고개를 푹 숙이며, 이렇게 말했다.

"부디, 앞으로도 미즈토 씨와 만나는 것을 허락해주셨으면 하옵니다……!"

어제 날짜가 바뀐 직후, 나는 유메와 사귀게 된 것을 이사나에게 보고했다.

SNS에 그 걸작 일러스트가 올라온 것은, 어제저녁이다.

그리고 과자 상자를 들고 우리 집에 찾아와서, 이마가 바닥에 닿을 정도로 고개를 조아리고 있는 게 현재 일어나고 있는 일이다.

행동 하나하나의 온도 차가 너무 심해서, 감기에 걸릴 것만 같다.

"으음……."

유메는 이해하는 시간과, 말을 고르는 시간을 가진 후에 입을 뗐다.

"히가시라 양…… 갑자기 왜 이러는 거야? 그것보다 고개 들어. 응?"

"미즈토 씨와 유메 양이 사귀기 시작했다면, 저도 일단은 여자니까 허락 없이 미즈토 씨와 만날 수는 없다고 생각한지라……!"

"응. 그렇구나. 알았으니까 고개 들어."

나는 의자에 앉아서 이 기묘한 회합을 방관하며 말했다.

"의외인걸. 이사나, 너라면『평범한 친구 사이인데 무슨 문제가 있는데요?』하고 말할 줄 알았어."

"아마 반년 전의 저라면 그런 소리를 했을 거예요."

이사나는 바닥에 이마를 댄 채 말했다. 고개 좀 들라고.

"하지만, 지금의 저는 알아요. 저한테 있어 미즈토 씨는 평범한 친구가 아니에요. 빈틈을 보이면 확 잡아먹고 싶을 만큼 좋아하는 친구라고요!"

……그, 그래.

나와 유메, 둘 다 거북한 표정을 지었다.

"그런 여자와 제 남친이 자기 몰래 만난다면, 유메 양도 마음이 편치 않을 게 틀림없어요! 저도 그 정도는 알게 됐단 말이에요!"

처음 만났을 적의 이사나는 「찔리는 구석이 없다면 아무 문제 없다」라는 논리에 따르며 사는 애였다.

그런 애가 지금은, 남의 마음을 헤아릴 수 있게 됐다……. 그것은 분명 성장이라 말해도 지장이 없으리라.

그렇다고 해서, 앞으로 만나지 말아야지, 하고 생각하지 않는 점이 참 이사나라는 애답지만 말이다.

"알았어, 이사나 양……."

"네?! 이해해주는 거예요?!"

이사나가 그제야 고개를 들자, 유메는 그녀를 향해 손바닥을 내밀며 말을 이었다.

"무슨 말이 하고 싶은 건지 알았다는 말이야. 그 점에 대해서는 나도 이야기를 나눠봐야겠다고 생각했으니까…… 히가시라 양이 나를 제대로 생각해주고 성의를 보여준 게 정말 기뻐."

"아, 아뇨……. 남의 남친을 빌리게 됐으니, 당연하다고나 할까요……."

"그래서?"

유메는 방긋 미소 지었다.

"『만난다』는 건, 어디까지를 말하는 거야?"

유메에게서 말로 형용할 수 없는 박력이 느껴지자, 이사나는 물론이고 나까지 입을 다물었다.

"학교에서 만나겠다는 거야? 밖에서도 만나겠다는 거야? 우리 집에서도 만나겠다는 거야? 아니면…… 히가시라 양의 집에서도, 인 거야? 경우에 따라서는 이야기가 달라질 수도 있거든?"

오오…… 입으로는 이해심 넘치는 듯한 발언을 했지만, 분위기는 완전 집착녀 그 자체네…….

유메가 불륜녀를 탄핵하는 듯한 가시 돋친 분위기를 뿜자, 이사나는 사자의 표적이 된 다람쥐처럼 부들부들 떨기 시작했다.

인간의 심성은 그렇게 간단히 바뀌지 않는다. 시간이 흐르더라도, 상대가 친한 친구일지라도, 미리 속내를 털어놓으며 이야기를 나눴더라도, 싫은 건 싫은 거다.

이사나에게만 맡겨두기엔 너무 짐이 무겁다고 생각한 나는 입을 열었다.

"어쨌든, 이사나네 집에 가는 횟수는 줄일 생각이야."

두 사람이 시선이 나를 향했다. 나는 책상에 올려둔 팔로 턱을 괴며 말을 이었다.

"일러스트 관련 업무는 온라인으로도 충분히 가능해. 실은 꼭 만나서 할 필요는 딱히 없거든―. 겨울 방학이 끝나면, 이사나의 생활 습관도 조금은 개선될 테고 말이지."

"어……."

이사나는 버림받은 어린애 같은 표정을 지었다.

"그, 그럼, 겨울 방학 동안은요……?"

"직접 알아서 해."

"네엣~?!"

이사나는 펄쩍 튀며 놀라더니, 곧 풀이 죽은 것처럼 몸을 웅크렸다.

"무, 무리예요……. 밥 못 해요……. 목욕 못 해요……. 갈아입을 옷이 어디 있는지도 몰라요……."

""…….""

나와 유메는 어처구니없다는 표정을 지으며 침묵에 휩싸였다.

어머니인 나토라 씨가 방임주의라고 해서 내가 너무 봐준 것 같다. 예전보다 더 구제 불능이 됐다.

"그럼 오히려 잘됐네. 겨울 방학 동안 조금은 생활 능력을 갈고닦아. 그리고 전화는 언제든지 해도 돼."

"때, 때로로 어쩌고 있는지 보러 와주지 않겠어요……? 유메 양과 같이 와도 되니까……."

"그건 네 돌보미가 두 명으로 늘어날 뿐이잖아."

"부탁이에요~! 손가락 하나 건드리지 않을게요~! 저는 가만히 있어도 밥이 나오는 생활을 잊을 수가 없단 말이에요~!"

불쌍해라······. 겨우 한 달 만에 인간은 이렇게 망가질 수 있는 건가.

유메는 「으음~」 하며 난처한 듯이 고개를 갸웃거리더니······.

"손가락 하나 건드리지 않겠다······."

유메는 비난 섞인 눈길로, 내 얼굴을 힐끔 쳐다봤다.

"히가시라 양이 그러더라도, 미즈토도 그럴······."

"벌써부터 파경 위기인 거야?"

교제 2일째에, 확 내뱉어 버린다? 커플을 종언으로 이끄는 말─『나를 못 믿는 거야』를 말이야.

"그럼, 참을 수 있어······?"

유메는 차갑게 식은 눈길로 나를 쳐다보며, 이사나의 팔을 움켜잡았다.

"이 육체를 엉큼한 눈길로 쳐다보지 않겠다고, 단언할 수 있어? 응? 이 육감적인 몸을?!"

"어, 잠깐만, 유메 양······?"

유메는 등 뒤에서 이사나의 몸에 팔을 두르더니, 가슴의 풍만함을 강조하려는 듯이 두 팔로 그녀의 가슴을 들어 올렸다.

가슴의 중량감이 여실하게 드러나는 그 광경은 확실히 선정적이지만, 굳이 따지자면 욕정에 사로잡혀 있는 건 유메 쪽이라는 생각이 들었다. 유메가 나를 신용하지 못하는 건, 그녀 본인이 이사나의 몸에서 매력을 느끼고 있어서가 아닐까?

어쨌든, 나는 예전의 훈련 덕분에 자기 욕정을 컨트롤할 수 있게 됐다. 자신감을 가지고 『반드시 해낼 수 있어』하고 대답했고—.

"그럼 증명해 보이겠어요!"

유메에게 포옹을 당한 채, 이사나가 뜬금없이 그렇게 말했다.

"미즈토 씨가 유메 양 이외의 여자애에게 욕정하지 않는다는 것을! 바로 제가 말이에요!"

……왠지 일이 성가셔졌다.

이리도 미즈토 ◆ 바람기 테스트

일단, 나와 이사나는 평소처럼 행동하기로 했다.

이사나는 내 책상에 태블릿을 놓고 그림을 그렸고, 나는 책을 읽거나 이사나의 SNS를 체크하거나 자료 수집을 도왔다.

그리고 그런 우리를 유메가 방구석에서 간수처럼 감시하고 있었다.

내가 조금이라도 엉큼한 시선을 이사나에게 보낸다면, 그때마다 따끔한 벌을 내리려는 것이다. —아무리 새해 연휴 기간이라고는 해도, 참 한가한 애들이다 싶었다.

하아. 내가 얼마나 많은 시간을 이사나와 한방에서 보낸 건지 알기는 하는 걸까? 이제 와서 얘를 여자로 볼 리가 없다. 그런 기간은 옛날옛적에 지나갔다고.

그런 생각을 하면서, 나는 발견한 자료를 이사나에게 보여주러 갔다.

"저기, 이거—."

"아웃."

뭐? 하며 나는 돌아봤다.

유메는 엄한 눈길로 나를 노려보고 있었다.

"방금 그거, 아웃."

"뭐, 뭐어? 등 뒤에서 다가갔을 뿐인데? 어깨에 손을 얹은 것도 아니잖아."

"어깨 너머로 히가시라 양의 가슴을 쳐다봤어."

"어?"

이사나는 눈을 동그랗게 뜨더니, 손으로 가슴을 가렸다.

확실히 이사나는 목덜미 부분이 헐렁해서 편한 실내복을 입고 있었다. 등 뒤에서 쳐다보면 가슴이 보이겠지만— 나는 맹세코 이사나의 가슴을 보지 않았다.

"태블릿을 봤다고, 태블릿을! 작업이 얼마나 진척됐는지 확인하려고—."

"아냐. 방금은 가슴을 봤어. 분명히 가슴 쪽으로 시선이 향했어."

그건 네 선입관이잖아!

그렇게 태클을 날리기도 전에, 성큼성큼 다가온 유메는 이사나의 파카를 움켜쥐었다.

"히가시라 양도 가슴팍 좀 가려! 자!"

지퍼를 확 올리자, 풍만한 가슴이 파카 안으로 겨우 들어갔다. 이사나는 「끄응~」 하고 신음을 흘리더니…….

"갑갑해요……. 이래선 집중 못 해요……."

"그럼 하다못해, 다 늘어난 셔츠라도 좀 입지 마. 히가시라 양도 잘못이 있거든? 항상 그렇게 무방비한 복장을 하잖아! 미즈토가 아니더라도 쳐다보는 게 틀림없단 말이야!"

예상했던 것보다 엄격했다. 당사자들에게 그럴 마음이 없더라도 아웃일 줄이야.

유메가 우리를 허락할지 말지가 걸린 문제인 만큼, 다소 불합리하단 생각이 들어도 받아들일 수밖에 없다는 건 알지만…….

이사나가 입은 파카의 지퍼를 올린 후, 유메는 벽 쪽으로 돌아갔다.

나와 이사나는 눈길을 주고받으면서, 몰래 쑥덕거렸다.

"(미즈토 씨 잘못이에요. 유메 양을 안심시켜주지 못하니까 이렇게 된 거라고요.)"

"(하루아침에 해결될 일이 아니잖아.)"

"(유메 양을 화끈하게 만족시켜주면, 저 같은 건 아예 신경도 안 쓸걸요?)"

"(……만족?)"

"(그야 물론…… 므흐흐.)"

이 머릿속 핑크 아가씨는 정말…….

아무튼, 그건 앞으로의 과제다. ―우선 지금 이 상황을 어떻게든 해야 한다.

"미즈토 씨. 일단 러프가 완성됐으니까, 살펴봐줄래요~?"

"뭐? 그래."

이사나가 태블릿을 들고 의자에서 일어나더니, 침대에 앉아 있는 내 곁으로 왔다. 그리고 내 옆에 앉더니, 태블릿을 서로의 허벅지 위에 걸치도록 뒀고…….

"아웃."

""어?""

간수의 선고가 들려오자, 우리는 동시에 고개를 들었다.

"거리가 너무 가까워! 러프를 확인하기만 할 뿐인데 그렇게 붙어 앉을 필요 없잖아!"

"아, 아니, 하지만…… 같이 봐야, 정보를 공유할 수 있다고나 할까요…….."

"다른 방법도 얼마든지 있어! 그건 연인끼리의 행동이거든?!"

끄응, 하며 이사나가 신음을 흘렸다.

"(어쩌죠, 미즈토 씨……. 유메 양의 바람기 판정 가이드라인이 예상보다 훨씬 엄격해요…….)"

"(말을 꺼낸 사람은 바로 너잖아.)"

"(설마 평소에 아무렇지 않게 하던 일들이, 전부 유혹하는 행동이었다니…….)"

그제야 눈치챈 거냐. 반년이나 걸렸구나.

그렇게 말하고 싶지만, 그러는 나도 감각이 꽤 마비된 것 같았다.

"(거꾸로 생각해봤는데, 평소에 제가 하는 행동을 그림으로 그리면 귀여운 알콩달콩 커플 그림이 되는 거 아니에요?)"

"(바로 창작에 활용하려 하는 그 사고방식은 높이 평가하겠지만, 지금은 네 몸의 안전부터 생각해.)"

나도 유메의 심정은 이해한다. 그녀와 나의 입장이 바뀌었다면, 나 또한 화날 것이다. 그래서 이사나의 집에 가는 것을 자제하자고 생각했다.

하지만, 그래도, 어느 정도의 접촉은 허락해주지 않는다면 앞으로 이사나의 활동에 지장이 발생한다. 유메는 연인으로서 소중히 여기고 싶지만, 그에 버금갈 정도로 이사나의 활동도 소중히 여기고 싶다. 한쪽을 위해 다른 한쪽을 소홀히 한다면, 나는 나 자신을 용서하지 못할 것이다.

그 두 가지를 양립하지 못해서 가정을 붕괴시키고 만 남자를 떠올리면서, 나는 타협안을 제시했다.

"이사나. 공유물은 클라우드에 올려. 나는 내 스마트폰으로 확인하겠어."

"알았어요……. 귀찮지만, 어쩔 수 없네요."

온라인으로 작업한다는 느낌으로 하자. 그러면 같은 방에 있더라도, 부적절한 접촉이 발생할 일은 없다.

이리도 유메 ◆ 시합에서 이기고

나는 벽 쪽에 앉아서, 조용히 작업 중인 미즈토와 히가시라 양을 쳐다봤다.

나도 두 사람을 방해하고 싶은 건 아니다. 히가시라 양이 음흉한 속셈을 가지고 미즈토와 만나려는 게 아니라는 사실은 알고, 시누이라도 된 것처럼 이렇게 쌍심지를 켜다간 미즈토의 정나미가 떨어질지도 모른다는 불안도 느끼고 있다.

그래도, 참을 수가 없었다.

중학생 때, 이미 깨달았다. 나는 못 말릴 정도로 질투심이 깊은 성격이라서, 미즈토가 다른 여자애와 친하게 지내는 모습만 봐도 심사가 뒤틀렸다. 이제까지는 헤어졌으니까, 사귀는 게 아니니까, 하고 되뇌면서 납득해왔지만 정식으로 다시 사귀게 됐으니 그럴 수도 없다. 대의명분을 거머쥔 나는 얼마든지 천박해질 수 있다.

아마도 이것은, 내가 자신감이 없는 탓이리라.

나 자신에게— 내 매력에 자신감을 가지고 있다면, 남친이 다른 여자애와 좀 친하게 지내더라도 대범하게 행동할 수 있다. 그야말로 본처의 여유다. 나를 못 믿는 거지? 라는 게 바람피우는 남자의 상투적인 코멘트라는데, 이 상황에서는 믿지 못하는 건 바로 나 자신이다.

안심시켜줬으면 좋겠다, 는 어리광과…….

받아들여야 마땅하다, 는 이성이…….

가슴속에서, 복잡하게 뒤엉키고 있다.

만약 부탁한다면, 미즈토는 얼마든지 어리광을 받아줄 것이다. 하지만 그래서는 중학생 때의 되풀이에 지나지 않는다……. 그 시절보다 성장했다면, 미즈토에게 어리광만 부려서는 안 된다. 자기 자신을 믿고, 남친을 믿으며, 더 대범한 태도를 보여야 한다.

……어쩌면 좋을까.

어떻게 하면, 이 싫은 감정을 극복할 수 있을까…….

나는 몸을 앞으로 숙이며 태블릿과 마주하고 있는 친구를, 지그시 쳐다봤다.

어제저녁에 투고된 일러스트를 나도 봤다.

히가시라 양은 — 정말로 — 그 그림처럼 훌훌 털어버린 것일까.

시꺼멓고 질척질척한, 이런 감정을 품은 채로 그런 그림을 그릴 수 있을 거란 생각이 들지 않았다. 하지만 그 경지에 이르지 못한 나로서는, 도저히 믿기지 않았다.

……시험해보고 싶다는 마음이 솟구쳤다.

이런 짓을 하면, 진짜로 싫은 여자가 되겠지만…… 그래도 안심하고 싶다.

이런 감정을 느끼는 게 자신만은 아닐 것이다.

자리에서 일어난 나는 조용히 방 한가운데에 이동해서, 침대에 앉아 있는 미즈토의 옆에 앉았다.

현재 미즈토는 문고 서적을 읽고 있었다.

선이 가는 그의 얼굴을, 지그시 응시했다.

히가시라 양처럼 달라붙지는 않았다. 독서에 방해가 되지 않도록, 조용히 옆에 앉아 있었다.

그러면서, 슬그머니— 히가시라 양을 살폈다.

히가시라 양은 한동안, 태블릿에서 눈을 떼지 않았다.

이윽고 집중력이 약간 끊어진 건지, 문득 고개를 든 순간에 내가 어디 있는지 눈치챘다.

인상을 찡그릴까. 아니면 못 본 척을 할까. 그것도 아니면—.

히가시라 양은…….

고개를 살짝 갸웃거렸다.

그리고 시선을 들면서 뭔가를 생각하더니, 다시 태블릿에 뭔가를 그리기 시작했다.

……어? 이건 어떤 반응이지?

예상과는 전혀 다른 반응이었기에 의아하게 생각한 나는 조용히 몸을 일으켜서 히가시라 양의 뒤편으로 이동했다.

어깨 너머로 그녀의 손 언저리를 쳐다보니— 태블릿 상의

캔버스에는 여자애의 다양한 패턴의 표정이, 표정만이, 몇 가지나 그려져 있었다.

"……저기, 히가시라 양? 뭐 하는 건지 물어봐도 돼?"

너무 수수께끼였기에 머뭇거리며 물어보자, 히가시라 양은 손을 움직이면서…….

"지금 감정을 적절하게 나타낼 표정을 찾고 있어요."

……하고 대답했다.

"거울을 봐도 모르겠거든요. 제 표정은 좀 알아보기 힘든 편 같아서요."

"지금, 감정……?"

"사이가 좋네~, 부럽네~, 내가 저러면 화내면서 약았네~, 하지만 유메 양은 여친이잖아~, 어쩔 수 없어~ 같은 기분이에요."

말을 하면서도 손을 계속 놀리던 히가시라 양은 어느 표정을 그리자 「오」하고 말했다.

"이건 꽤 괜찮네요."

그것은 안타까운 듯이 눈을 가늘게 뜨면서도, 체념 섞인 미소를 머금은 표정이었다.

아주 약간의 분함과, 좋아하는 상대를 생각하는 마음이, 한눈에 느껴지는 얼굴─.

지금, 히가시라 양은, 이런 표정을 짓고 싶은 것이다.

"……대단해."

갑자기 미안한 마음이 솟구쳤지만, 사과하는 것도 왠지 잘난 척하는 느낌일 것 같았다. 그래서 나는 결국 솔직한 마음을 입에 담았다.

"그런 식으로 감정을 드러낼 수 있다니, 부러워."

나는 그림은 물론이고 말로도 표현하지 못하니까.

자기 마음을 정확하게 파악하는 것조차 못하니까…….

히가시라 양은 나를 돌아보더니, 어리둥절한 표정을 지었다.

"왠지, 유메 양이 실연한 것 같네요."

"뭐?"

"이런 표정을 짓고 있어요."

히가시라 양은 아까 그린, 안타까운 듯이 미소 짓고 있는 표정을 손가락으로 가리켰다.

그리고 히가시라 양은 여러 표정이 그려진 캔버스를 없애 더니, 다시 선화를 그리기 시작했다.

"딱히 저한테 미안해할 필요 없어요. 유메 양은 아무 생각하지 말고, 마음껏 행복해지세요. 모처럼 좋아하는 사람과 사귀게 됐잖아요."

"하지만……."

"저, 어제 한 단계 성장한 느낌이 들어요."

거침없이 펜을 놀리면서 말했다.

"제 감성이 스펀지 같다는 걸 깨달았어요. 제가 해온 일과 할 일과 머릿속의 생각이 전부 제 안에 축적되면서 힘이 되는 게 느껴져요. 이제까지는 미즈토 씨의 말을 들어도 반신반의했지만, 미즈토 씨와 유메 양이 사귄다는 걸 안 순간—근거 없이, 본능이 이해했어요."

히가시라 양은 흔들림 없는 어조로 말했다.

"저한테, 재능이 있다는 것을요—."

그녀의 등에서는 말로 형용할 수 없는 힘이 느껴졌다.

"이상하죠? 자기한테 재능이 있다고 확신했을 때와 확신하지 못했을 때는 세상을 보는 관점 자체가 확연히 달라요. 지금의 저한테는 이 세상 모든 것이 그림 재료로 보여요. 보는 것, 만지는 것, 자신의 마음과 타인의 마음도 평등하게 구별 없이 『그림을 그리는 저』 안에 받아들이고 있어요. ……그러니까, 진짜로 저를 배려할 필요 없어요. 히가시라 이사나는 실연했지만, 그 대신 유메 양의 행복한 마음이 제 안에 쌓여 갈 테니까요."

히가시라 양은 또 뒤를 돌아보니, 진심에서 우러난 미소를 머금었다.

"축하해요, 유메 양. 말이 아니라 그림으로 먼저 제 마음을 전해서 죄송해요."

……하아, 정말.

"못 당하겠네."

그렇게 말하면서, 나는 웃었다.

시합에 이기고, 승부에 졌다.

미즈토의 여친이 된 것은 나지만, 히가시라 양에게는 영원토록 이길 수 없을 것 같았다.

그렇다면— 쌍심지를 켜봤자 소용없지 않을까.

왜냐하면 인간으로서 히가시라 양에게 졌으니까, 미즈토가 히가시라 양을 위해 쓰는 시간이 있는 게 당연했다. ……그래도, 미즈토는 나를 선택해줬다. 그 사실을, 소중하게 생각해야만 한다.

내가 생각해도, 참 비굴하고 소극적인 생각이지만…….

지금 가슴속에 있는 히가시라 양을 향한 경의를 잊지 않는다면, 이런 자신을 받아들이며 극복할 수 있는 듯한 느낌이 들었다.

이리도 미즈토 ◆ 여친과 여사친의 사이가 좋으면
그것도 나름 성가시다

유메의 감시도 좀 누그러든 것 같았기에, 나는 한숨 돌릴 겸 1층으로 내려갔다.

재결합에 따른 걱정거리 하나는 유메와 이사나의 관계였지만, 사실 심각하게 걱정하지는 않았다. 역시 중학생 때의 경험 덕분이리라. 지금의 유메라면 잘 받아줄 거라는 믿음을 나는 가지고 있었다.

하지만 유메에게만 부담을 줄 수는 없다. 옛날보다 이성적이라지만, 성격과 감성은 그렇게 쉽게 변하는 것이 아니다. 너무 신경을 쓰지 않아도 되도록 배려해줘야겠다.

그렇게 생각하며 방으로 돌아가보니—.

"어?"

없다.

유메도, 이사나도, 방에 없었다.

이사나의 태블릿은 책상에 놓여 있었다. 거실에는 아버지와 유니 씨가 있으니까, 유메의 방에라도 간 것일까.

고개를 갸웃거리며, 내가 침대 쪽으로 돌아섰을 때—.

등을 확 떠밀렸다.

"우왓?!"

침대에 쓰러진 나는 몸을 비틀어서 뒤쪽을 돌아보았다.

내 등 뒤에, 유메와 이사나가 있었다.

두 사람은 심술궂은 미소를 머금으며, 함께 나를 침대에 짓누르고 있었다.

아니. —덮쳤다, 라는 표현이 정확할지도 모른다.

두 사람은 내 두 팔을 봉쇄하듯 자기 몸으로 맞대고 있었다. 맞닿은 부위에는 가슴과 배처럼 부드러운 부분이 당연히 포함되어 있으며, 이 행동에 성적인 의도가 없다면 성교육을 다시 받아야 한다 싶었다.

"너…… 너희들, 뭐하는……!"

오른쪽 귀에, 유메가 속삭였다.

"(히가시라 양에게 안 넘어간다는 건 알았지만······.)"

왼쪽 귀에, 이사나가 숨결을 토했다.

"(둘이서 한꺼번에 덤벼들면, 어쩌려나요?)"

후후후 하는 웃음소리가 스테레오로 들려오면서, 내 뇌수를 뒤흔들었다.

이, 이 자식들······! 나를 장난감 삼는 거냐! 화해했다 싶더니, 바로 결탁한 거냐고!

내가 없는 사이에 어떤 이야기를 나눈 건지 모르겠지만, 이건 장난이 심했다. 일대일로 당해낼 수 없으니, 둘이서 함께 나를 놀려주려는 속셈이다. 나를 얕보지 말라고. 내가 이딴 어설픈 하렘을 원할 것 같냐.

"(양손의 꽃이라니, 팔자 한번 끝내주네.)"

"(여자애한테서 좋은 냄새가 난다는 건 진짜인가요? 취재에 응해주세요, 미즈토 씨.)"

크아아아아, 그만 좀 속삭여!

호리호리한 유메의 몸과, 육감적인 이사나의 몸이, 전혀 다른 『여성스러움』이 양쪽에서 나를 집어삼키려 했다. 두 사람의 허벅지 언저리에 있는 두 손을 어디 두면 좋을지 몰라서, 침대 이불을 꼭 움켜쥐었다.

그런데도 팔 전체를 감싸는 부드러운 감촉과 여자애의 달콤한 체취를 막을 수는 없었기에, 내 맥박은 속절없이 빨라졌다. 두 여자애에게 농락당하는 미래에서 도망치는 건 무

리 같았다.

……그렇다면.

"—너무 우쭐대지 말라고."

"꺄앗?!", "히익?!"

이 몇 달 동안 카와나미에게 지도를 받으며 기른 근육을 활용해, 나는 두 사람의 몸을 와락 끌어안으면서 억지로 몸을 돌렸다.

내 그림자가, 유메와 이사나의 몸에 드리워졌다. 놀란 표정으로 몸을 맞댄 채 나를 올려다보는 두 사람을 향해, 나는 매정한 목소리로 말했다.

"너희가 이렇게 나온다면, 나도 봐주지 않겠어."

그 후, 애들이 아까 취한 행동을 따라 하듯, 두 사람의 얼굴 사이로 입술을 내밀며, 속삭이듯 말했다.

"(둘 다 한꺼번에— 먹어 치워주마.)"

""으~~~~!!""

두 사람은 새된 신음을 토하더니, 귀까지 새빨개졌다.

그것을 확인한 나는 잡아먹는 쪽에서 잡아먹히는 쪽으로 바뀐 채 몸을 웅크리고 있는 두 사람을 침대에 남겨둔 채, 몸을 일으켰다.

그리고 침대 반대편으로 몸을 돌린 후, 마음속으로 이렇게 외쳤다.

—이겼다!

히가시라 양이 집에 돌아가고, 밤이 됐다.

목욕을 마치고 머리카락을 말린 나는, 잠옷 차림으로 2층에 올라갔다.

그러자, 어찌 된 건지 미즈토가 복도에 서 있었다.

나는 약간 의아하게 생각하면서도, 「들어가볼게」 하고 말하며 자기 방의 문손잡이를 움켜잡았다.

그 순간, 미즈토가 나를 등 뒤에서 끌어안았다.

……어?

미즈토는 손에 가볍게 힘을 주더니, 내 허리에 팔을 둘렀다. 너무 갑작스러운 백허그였기에 기쁨보다 당황이 앞섰다.

"왜…… 왜 그래?"

고개를 돌려서 쳐다보며 묻자, 미즈토는 부끄러운 듯이 눈길을 피했다.

"……이사나를 건드린 만큼, 너도 건드리기로 약속했었잖아."

아— 그랬다.

사귀기 전의 남매 회의 때, 그런 이야기를 나눈 게 기억났다.

확실히 내 감시하에서, 미즈토는 이사나 양을 건드렸다. 하지만 그것은 어깨를 건드리는 정도였고, 가장 많이 건드린 것은 하렘 놀이 때였으며, 그때는 나도 같이 미즈토에게 안겨들었다.

딱히 신경 쓸 일은 아니지만— 그래도 나에게 성의를 보이려는 것이리라.

……이 남자는, 정말…….

정말…… 여자를 망치는 데 있어서 천재라니깐.

"포옹으로 여자 비위 맞춰주려는 남자애는 좀 문제 있다고 생각해."

조금 심술을 부려주고 싶어져서 입술을 삐죽 내밀며 그렇게 말하자, 미즈토는 「윽」 하고 신음을 흘렸다.

"……그럼, 어쩌면 되는데?"

나는 미즈토의 품속에서 몸을 돌린 후, 턱을 쓱 들어 올렸다.

"자!"

재촉하듯 그렇게 말한 후, 눈을 감았다.

그러자 작은 한숨 소리가 들려오더니, 부드러운 감촉이 입술에서 느껴졌다.

눈을 떠보니, 어처구니없는 표정을 지은 미즈토가 눈앞에 있었다.

"이것도 포옹과 별 차이 없지 않아?"

"그럼 내 비위 맞춰줄 방법 좀 열심히 생각해봐."

"귀찮아……."

내가 웃음을 흘리자, 미즈토도 크큭 하고 작게 웃었다. 우리는 이마를 맞댄 채, 한동안 그러고 있었다.

"미즈토 군~? 목욕할래~?"

엄마의 목소리가 1층에서 들려온 순간, 우리는 부리나케 몸을 뗐다.

"네~!"

미즈토는 아래층을 향해 그렇게 말하더니, 계단을 내려갔다.

나는 그 뒷모습을 바라본 후, 자기 방에 들어갔다.

—아아, 푸근해.

가슴속이— 아니, 몸 전체가 푸근한 감정으로 가득 채워졌다.

중학생 때보다 더 강렬하고, 아무런 거리낌이나 주저도 없이—

"후후……."

나는 미소를 머금으며, 침대에 드러누웠다.

주저할 필요 없다. 두려워할 필요도 없다. 만약 내 독점욕이 지나쳐서 미즈토를 화나게 할지라도, 이번에는 대화로 풀 수 있다. 그러니—

"후후, 후후후, 후후후훗……."

침대 위에서 몸을 동그랗게 만 채, 나는 한참을 싱글벙글 웃었다.

비밀은 달콤한 꿀맛

이리도 미즈토 ◆ 은밀한 놀이

신춘(新春)이라고 하기에는 쌀쌀하고 메마른 바람이 부는 1월의 통학로. 서로가 바람으로부터 상대방을 감싸주려는 듯이 몸을 맞댄 채 걷던 우리는, 등교 도중에 누가 먼저랄 것 없이 멈춰 섰다.

"……이쯤에서 관둘까."

"……그래."

슬슬 등교 중인 라쿠로 고교의 학생이 늘어날 지점이다.

우리가 의붓남매라는 것은 널리 알려졌지만, 그와 동시에 아침에 몸을 밀착시킨 채 등교할 만큼 사이가 좋지 않다는 것도 널리 알려져 있다.

게다가 나는 이사나와 사귄다는 소문까지 돌고 있으며, 유메 또한 학생회 임원이기에 여친 있는 남자애와 사귀고 있다고 여겨지면 여러모로 곤란할 것이다. —입학 직후에 유메는 자기가 브라콤이란 소문을 직접 퍼뜨리기도 했지만, 그것은 옛날옛적에 풍화되어 사라졌다.

그러니, 결국……

중학생 때와 마찬가지로, 우리는 학교가 보이지도 않는 지점부터 떨어져서 등교할 수밖에 없었다.

하지만, 딱 하나— 중학생 때와는 명확하게 다른 점이 있다.

"그럼……."

장갑 너머로 내 손을 움켜쥐며, 유메는 말했다.

"집에서 봐."

"……그래. 집에서 보자."

그렇게 말하며 옅은 미소를 지은 후, 유메는 가벼운 발걸음으로 학교를 향해 걸어갔다.

나는 그 자리에 남아 연인을 배웅하면서, 오랜만에 느끼는 이 아쉬움을 즐겼다.

집에 돌아가면, 만날 수 있다.

그것이 유일한, 그리고 가장 큰 차이점이다.

"여어. 크리스마스 이후로 처음 보는 거네, 이리도."

3학기 개학식 전. 교실에서 카와나미 코구레가 인사 삼아 그렇게 말하자, 나는 눈썹을 살짝 찌푸렸다.

"그때는 고마웠어. 하지만 크리스마스 같은 소리 말라고. 징그러워."

"뭐야. 솔로인 남자끼리 함께 크리스마스를 보내는 건 흔한 일 아냐?"

……솔로인 남자, 라.

당시의 나는 모르겠지만, 당시의 이 녀석은 그렇게 보이지 않았다.

나는 책상 위에 올려둔 손으로 턱을 괴면서, 칠판 앞에 있는 유메와 그녀의 친구들을 쳐다봤다.

"유메~! 외로웠어~!"

"아니, 새해 첫날에 만났었잖아……."

"앗키~, 방학 때마다 그럴 거야~?"

"토끼 같데이."

유메를 끌어안고 있는 저 조그마한 토끼 아가씨와 당연한 듯이 한집에서 지내는 남자를, 솔로라고 불러도 될까. 진짜 솔로 손에 죽을지도 모른다고.

"그런데 말이야."

카와나미는 징그러운 미소를 머금었다.

"문제는 해결됐어?"

"……뭐, 그래."

"매정하네~. 자세하게 이야기해줄 생각은 없는 거야~? 숙식 제공자에게 은혜를 갚아야 할 거 아냐~."

"사적인 일을 가지고 거래하는 취미는 없거든."

아무래도, 눈치챈 것 같지는 않았다.

카와나미도, 미나미 양도, 나와 유메의 관계가 변했다는 것을 눈치채지 못한 것 같다.

—저기, 어떻게 할까?

나는 신년 연휴에 유메와 나눴던 이야기를 떠올렸다.

—카와나미와 미나미 양에게는······.

—말해줄지 말지, 말이지?

—그래. 일단 걔들에게 도움을 받았잖아.

—으음. 그 두 사람이라면 말 안 해도 눈치챌 것 같지 않아?

—그렇긴 해······. 자칭 연애 ROM 전문과······.

—자칭 연애 마스터잖아.

미나미 양의 그 자칭은 들은 적이 없지만, 그런 말을 들을 정도로 연애 상담을 많이 받아준 것이리라.

—그럼 말이야······.

유메는 장난기 섞인 미소를 머금었다.

—한번, 시험해볼까? 두 사람이 진짜로 눈치채는지 말이야.

"저기."

그 목소리를 듣고, 혼자만의 생각에 벗어났다.

"나, 개학식 끝나면 학생회에 가봐야 해."

유메가 의자에 앉은 나를 내려다보며 그렇게 말했다. 본인은 별일 아닌 듯한 표정을 짓고 있었지만, 나는 마음속으로 식은땀을 약간 흘렸다.

방금 그것은 함께 돌아가는 것을 전제로 한 대화다. 카와나미와 미나미 양에게 들키는 건 괜찮지만, 다른 친구들에게 들키면 매우 난처해진다. 유메도 그 정도는 알 텐데, 교실 한복판에서 이런 소리를 하다니……!

"그, 그래……."

마음속에 존재하는 약간의 초조함이, 내가 대충 대답하게 만들었다. 연인으로서는 빵점인 리액션이지만, 가족으로서는 현실성 넘치는 대꾸였다.

"유메~! 다음 휴일은 언제야~?"

그 덕분인지, 등 뒤에서 유메의 목에 매달려 있는 미나미 양도 딱히 뭔가를 눈치챈 기색은 느껴지지 않았다.

옆에 있는 카와나미도…….

"어제까지 방학이었잖아. 더 놀고 싶은 거냐, 이 백수 아가씨야."

"아~냐~! 유메와 같이 놀 수 있는 날이 언제인지 물어본 거거든?!"

"쉬는 날에는 쉬게 해줘. 학생회 일로 바쁠 거잖아."

"괜찮아. 요즘은 그렇지도 않아."

유메가 학생회 일정이 없는 날을 알려주자, 미나미 양은 기뻐하며 같이 놀자는 약속을 잡기 시작했다.

그러는 사이에 개학식을 할 시간이 됐다. 학생들은 삼삼오오 교실을 나서서 체육관으로 이동하기 시작했다.

카와나미와 미나미 양은 딱히 뭔가를 눈치챈 기색 없이, 다른 친구들과 이야기를 나누며 걸음을 옮겼다.

"……후후."

은근슬쩍 내 옆에서 걷던 유메가, 작게 웃음을 흘렸다.

"⋯⋯크큭."

나도 웃음이 흘러나오는 것을 참을 수가 없었다.

두 사람은 전혀 눈치채지 못했다.

"⋯⋯."

"⋯⋯."

우리는 아무 말 없이 눈짓을 주고받은 후, 남들이 눈치채지 못하도록 슬쩍 웃음을 흘렸다.

쿠레나이 스즈리 ◆ 뒤처지고 있는 학생회장

오랜만에 학생회실에 모인 임원들에게, 나는 회장으로서 당당히 인사를 건넸다.

"다들 새해 복 많이 받도록. 새해 초부터 이런 말을 해서 미안한데, 이번 3학기에는 내년도 예산 회의라고 하는 대형 이벤트가 있다. 새해 기분에 너무 젖지 말고, 마음을 단단히 먹으며 업무에 임해줬으면 해."

임원들의 힘찬 대답을 들으며 고개를 끄덕인 나는 회장용 좌석에 앉았다. 슬슬 이 좌석에도 익숙해졌다. 겨우 고등학교 학생회에 지나지 않는다고 여겨질지도 모르지만, 수백 명의 학교생활을 책임져야 하는 위치다. 나 또한 겨울 방학 기분에서 벗어나, 마음을 다잡아야 한다.

오늘은 개학식 날이니 일찌감치 일단락짓기로 했다. 대신 같이 점심이라도 같이 먹지 않겠느냐고 내가 제안하자, 임원들은 모두 찬성했다.

"그럼, 그 전에 화장실 좀 다녀올게~."

아이사가 그렇게 말하며 학생회실을 나서자…….

"아…… 저도 갈래요."

유메 양이 그렇게 말하며 뒤를 이었다.

남은 란 양에게, 나는 정월을 어떻게 보냈는지 물어봤다. 란 양은 당연하다는 투로…….

"공부를 했어요. 3학기에야말로 이리도 양에게 이기고 싶거든요."

……하고 대답했다. 지난번처럼 무리하는 건 아닌가 싶어 걱정됐지만, 낯빛을 보니 유메 양이 전에 해준 말에 따르며 매일 수면을 취하고 있는 것 같았다. 보아하니 유메 양도 한눈팔면 안 되겠는걸.

귀가할 준비를 마친 후, 나도 화장실에 가려고 학생회실을 나섰다.

가장 가까운 여자 화장실에 가보니, 안에서 귀에 익은 목소리가 들려왔다.

"─그래서~? 가르쳐줘~!"

"죄송해요. 그는 부끄럼쟁이라서, 아직은 좀…….'

아이사와 유메 양이다. 그러고 보니 화장실에 가고 꽤 시간이 흘렀는데 돌아오지 않는다 싶더니, 화장실에서 수다 중이었던 건가.

내가 조용히 화장실에 들어가자, 세면대 앞에 있던 두 사람이 화들짝 놀라며 나를 돌아봤다.

내 얼굴을 보자, 아이사는 김샌 듯한 표정을 지었다.

"뭐야~. 스즈링이잖아."

"반응이 그게 뭐지. 나한테 숨기는 거라도 있는 거냐? 너무하잖아."

두 사람의 반응을 보고, 은밀한 이야기를 나누고 있었다는 건 쉬이 짐작할 수 있었다. 둘 다 포커페이스를 더 연습하는 편이 좋겠는걸.

유메 양은 거북한 듯이 눈길을 돌리며 말했다.

"아니, 그게……. 아소 선배와 뭘 좀 상의했어요……."

"저기, 유메찌. 스즈링한테는 이야기해도 되지 않을까?"

"이, 일부러 회장님에게 보고할 일은……."

"스즈링한테 상담을 받은 적이 있잖아. 체육제 때였지?"

체육제 때? 그리고 상담이라면…… 점심때 일인가.

……아하.

얼추 짐작됐다. 아무래도 진전이 좀 있었던 것 같다.

그와의 일을 아이사에게 상담받고 있다는 건 파악하고 있었지만, 일일이 보고한 건가. 참 성실하다. 아이사는 호시베 선배와 무슨 일이 있었던 것 같은 뉘앙스만 풍겨대지, 자기 입으로 먼저 이야기해주지 않는데 말이다.

"내 상상이 옳다면, 좀 신경 쓰이는걸. 뭐, 강요할 생각은 없지만 말이야."

"……그럼, 외람되지만 말씀드리자면……."

유메 양은 부끄러운 듯이 볼을 살짝 붉히더니, 입을 열었다.

데이트라도 한 걸까? 기쁜 말을 들었다거나? 크리스마스 파티 때는 가라앉은 분위기였으니까, 좋은 뉴스라면 아무리 사소한 일일지라도 기쁘—

"—남친이, 생겼어요……."

나는 얼어붙었다.

"뭐……?"

남친이?

생겼다?

사귀기로 했다, 는 의미인가?

"으음…… 저기…… 혹시, 예의 그와 말이야?"

유메 양은 우물쭈물하면서…….

"아마, 상상하시는 대로일 거예요……."

"어라?! 스즈링, 상대가 누구인지 아는 거야?! 가르쳐줘~! 나한테는 안 가르쳐줬단 말이야!"

그건, 확실히, 함부로 남에게 가르쳐줄 수 없을 것이다.

이리도 미즈토와— 의붓남매와 사귀기 시작한 것이니 말이다.

어떤 유언비어가 나돌게 될지 짐작도 안 되는 뉴스다. 나는 죠의 견해를 듣고 알았지만, 가능한 한 남에게 말하지 않는 편이 좋을 것이다. 게다가 아이사는 언뜻 보면 입이 가벼워 보이니 말이다(친구가 적어서 그럴 일은 없겠지만).

그래. 그와……. 성미가 까다로워 보이는 그와……. 좀 더 시간이 걸릴 줄 알았는데…….

"……축하한다. 진심으로 두 사람을 축복하겠어."

유메 양은 「감사합니다」 하고 말하며, 살며시 미소 지었다.

방금 그 말은, 내 진심에서 우러난 것이다. 한 줌의 거짓도 섞이지 않았다.

하지만…… 하지만……!

"해냈구나, 유메찌! 이걸로 커플녀 동지네!"

"감사해요, 선배……! 앞으로도 제 이야기를 들어주세요!"

손을 맞잡고 꺄아꺄아~ 하며 기뻐하는 커플녀들 앞에서, 나는 몰래 이렇게 생각했다.

—큰일났다. 뒤처지고 말았어……!

쿠레나이 스즈리 ◆ 생일의 패잔병

올해 1월 5일— 바로 죠의 생일에, 우리는 데이트를 했다.

그렇다. 데이트다.

작년에는 생일을 미리 파악해두는 것을 게을리한 바람에, 겨울 방학이 끝난 후에 뒤늦게 선물을 사러 가게 됐다. 그래서 올해는 일찌감치 약속을 잡고, 선물을 고를 겸 생일 데이트를 하기로 한 것이다.

약속 장소에 나타난 나를 본 죠가 깜짝 놀랐다.

"쿠레나이 씨…… 오늘은, 뭐랄까, 꽤나……."

"수수하지?"

개성이 느껴지지 않는 코트와 흔한 머리 모양의 가발을 자랑스레 과시하며, 나는 말했다.

"배경 코디라는 거다. 나와 함께 외출할 때면, 너는 항상 주눅 드는 것처럼 보였거든."

"……일부러 자기 장점을 없앨 필요는 없지 않을까요."

"그렇지 않아. 내 장점을 없앤 게 아니라, 네 장점을 끌어내리는 거다."

지금으로부터 1년 전. 죠의 옅은 존재감을 해소하기 위해 그에게 다양한 패션을 시켜봤지만, 전부 실패했다.

그래서 올해는 내 쪽에서 죠에게 다가서기로 했다.

빛과 그림자로 있는 것도 나쁘지 않지만, 때로는 같은 장소에서, 같은 속도로, 함께 걷고 싶다.

"멀찍이서 본다면 수수하지만—."

나는 슬쩍 죠와 팔짱을 꼈다.

"―가까이에서 보면 귀엽지 않아?"

코앞에서, 죠의 눈동자를 들여다봤다.

죠는 거북한 듯이 시선을 피했다. 볼을 붉히는 식의 노골적인 티를 내지는 않았지만, 가슴이 쿵쾅대고 있는 것 같기는 했다. 좋았어.

고베 여행 때, 조금은 죠와 가까워진 느낌이 들었다.

유메 양의 충고에 따라, 고생고생해서 구한 그것도 지갑에 넣어뒀다.

즉……? 그렇다. 오늘이야말로……!

이 벽창호를 확 함락시킬, 절호의 기회인 것이다!

"……아. 이 팔찌, 차분한 느낌이라 괜찮은걸. 너도 장신구를 껴보는 게 어때?"

"커플룩을 하지 않겠어? 뭐, 우리 말고는 눈치 못 채겠지만 말이지. 그런 비밀이 있으면 왠지 기쁠 것 같은걸."

"응. 잘 어울리는구나. 거짓말이 아니다. 진심이야. 때로는 솔직하게 믿어줬으면 좋겠어."

평소보다, 부드럽게…….

평소보다, 한 걸음 다가서서…….

소중한 보물을 만지는 심정으로, 나는 죠를 대했다.

그때마다, 죠는 슬며시 눈길을 돌렸다. 그러면서도 내 손을 떨쳐내지 않았고, 나와 거리를 벌리려고도 하지 않았다. 멋쩍어하고 있다는 것을 간파할 수 있을 만큼, 나는 그를 안다. 그리고 그것이, 내 솔직한 호의를 조금씩 받아들이고 있다는 증거라는 것도 알고 있다.

고백 같은 걸 이제 와서 할 필요는 없다.

그런 말은 옛날옛적에 너무 많이 해서, 유통기한이 지나고 말았다. 그러니 행동으로 보여줄 수밖에 없다. 내가 너를 좋아한다는 것을 믿을 때까지, 내 얼굴로, 손발로, 몸으로, 증명하는 방법뿐이다.

온종일 충분히 즐긴 후, 나는 만반의 준비 끝에 그 말을 꺼냈다.

"왠지, 헤어지기 아쉬운걸."

빙빙 돌려서 말해봤자 통하지 않는다.

죠의 코트를 손가락으로 살며시 잡으며, 나는 말했다.

"어때……? 너만 괜찮다면, 집으로 초대하고 싶은데……."

오늘 하루, 나는 너에게 다가갔다.

그러니, 아주 조금만.

너도, 나에게 다가와 줬으면 한다.

흑심 같은 건 섞이지 않은, 솔직한 소망이다.

……의도하지 않았지만 아이사에게 들은 이야기를 답습하고 만 것은, 어디까지나 우연에 지나지 않는다.

죠는—

멋쩍은 듯이 시선을 돌리더니—

자기 코트를 쥔 내 손을 살며시 움켜쥐면서—

"아, 미안해요. 가족과 같이 저녁 먹기로 했거든요."

저벅저벅저벅.
그대로, 평범하게 돌아가버렸다.
"……."
……이러기야?!
이 분위기에서, 어떻게 이럴 수가 있는데?!
결국 나는 패잔병처럼 터벅터벅, 홀로 집으로 돌아갔다.
아이사는 갈 때까지 갔고, 유메 양에게도 남친이 생겼다.
원래 연애에 흥미가 없어 보이던 란 양을 제외하면, 학생
회에서 남친이 없는 건 나뿐이다!
이래서는 모범이 못 된다.
회장으로서, 이래서는 모범이 못 된다!
한시라도 빨리, 죠를 함락시켜야만 한다.
라쿠로 고교의 학생회장으로서, 이것은 중대한 책무다!

카와나미 코구레 ◆ 남의 길은 꽃길

커플이 된 이들은 웬만하면 알 수 있다.
서로를 좋아하는 이들은, 아무리 숨기려 해도 태도에서
그런 관계인 것이 티가 난다. 툭하면 눈짓을 주고받거나, 은
근슬쩍 신체접촉을 하거나, 알기 쉬운 경우에는 남들의 눈

길을 피해 몰래 쑥덕거린다. 갓 사귀기 시작해서 들뜬 시기에는 더 심하다.

그래서, 내 눈은 속일 수 없다.

연애 ROM 전문으로서 단련된 내 안목을 속이는 건 무리라고!

"—여어, 고토! 너, 와타나베 양과 사귀지?"

나는 태도가 변한 같은 반 남자애에게 캐물었다. 고토는 「이야~」하고 어울리지도 않게 멋쩍어하더니, 우물쭈물하며 둘러대기 시작했다.

역시 크리스마스가 지나니 커플이 늘어나는걸. 좋네, 좋아.

—그런 한편, 이리도 남매는 여전한 것 같았다.

크리스마스에 이리도가 우리 집에 묵으러 왔을 때, 뭔가를 깨달은 눈치였는데 말이다. 반응을 보니, 그 후로 딱히 관계가 진전된 것 같지는 않다. 재미없네~.

"너도 그렇게 생각해?"

3학기가 시작되고 며칠 지났을 무렵. 점심시간에 내가 그런 푸념을 늘어놓자, 미나미가 빨대를 문 채 말했다.

"나도 이리도의 그때 반응을 보고 무슨 일 있다고 생각했는데…… 유메도 평소와 똑같더라니깐."

"숨기고 있는 거 아냐~?"

"뭐~? 유메는 숨기는 걸 잘하는 편은 아니라고 생각하는데 말이야."

"그렇지도 않을걸? 부모님에게 어마어마한 비밀을 숨기면서 1년 가까이 살아왔다고."

"……그것도 그래."

토라진 듯이 입술을 삐죽 내민 미나미는 애플 티를 쪽 빨아 마셨다.

"뭐, 그래봤자 다퉜다가 화해한 정도 같아. 만약 둘 사이에 진전이 있다면, 나한테는 이야기해줄 거야! 너는 몰라도 말이지."

"왜 나는 모르는 건데?"

"짚이는 구석 있지 않아? 관음증 환자."

뭐, 실토를 바란다면 ROM 전문이라고 떠들고 다니지도 않겠지.

"……하지만, 왠지……."

미나미는 턱을 괴더니, 교실 입구 쪽을 쳐다봤다. 마침 이리도가 책을 옆구리에 끼며 밖으로 나가고 있었다.

"왠지, 뭐?"

"왠지…… 좀 그래."

"무슨 소리인지 모르겠네!"

"진짜로 모르겠어? 미묘하게…… 냄새가 바뀌었다고나 할까……."

"냄새? 향수를 뿌리는 거야?"

"그게 아니라, 분위기가 좀 달라졌달까…… 달라지진 않은 것 같달까……."

이 애는 옛날부터 엄청나게 직감이 좋았다. 스포츠와 게임에 있어서도, 지식이 전혀 없는데도 플레이할 수 있는 타입이다. 대인관계에서도 마찬가지다. 후각이 좋다고나 할까.

"흐음……. 뭐, 네가 그렇게 생각한다면, 그럴지도 몰라."

"……너 말이야."

"응?"

미나미는 내 얼굴을 힐끔 쳐다봤다.

"왠지…… 좀 원만해진 것 같아."

"뭐? 왜 그렇게 생각하는데?"

"전에는 더 성가신 애였잖아. 예전의 너라면 이런 상황에서 『확 미행하자!』 같은 소리를 늘어놨을 거야."

"그래서야 진짜로 관음증 환자잖아. 나는 조용히 지켜보고 싶을 뿐이야!"

"흐~음?"

미나미는 고개를 갸웃거리면서 얄팍한 웃음을 흘렸다.

"자기 연애에, 흥미가 생긴 거 아냐?"

"푸읍."

나는 사레들렸다.

내가 기침을 토하자, 미나미는 히죽히죽 웃으며 말했다.

"다른 커플보다, 어디 사는 누구 씨를 지켜보는 시간이 더 많아진 거 아냐?"

"……와, 완전 자의식 과잉이네."

"어~? 왜 나한테 그런 소리를 하는 건데~?"

이 애, 되게 성가셔! 자의식 과잉인 소꿉친구만큼 짜증스러운 상대는 없다.

"연애 같은 건 직접 할 게 못 돼. 이 신조를 바꿀 생각은 없어."

"뭐, 하고 싶은 말이 뭔지는 알아. 요즘의 히가시라 양을 보면 더 그렇다니깐."

"히가시라? 걔가 왜?"

"어라? 모르는 거야?"

미나미는 뜻밖이라는 표정을 지으면서 「잠시만 기다려」 하고 말하더니, 스마트폰을 조작했다.

그리고 트위터에 투고된 어느 일러스트를 화면에 표시해서 보여줬다.

"이 일러스트, 리트윗을 타고 나한테까지 넘어온 거야."

"흐음? 그러고 보니 나도 본 적이 있는데……."

"이거, 히가시라 양이 그린 거래."

"흐음~ 뭐?!"

일러스트 아래편에 있는 리트윗 숫자를 봤다. 그 숫자는 3,000이 넘었다.

"이걸…… 히가시라가 그렸다고?"

"유메한테 이야기를 듣고, 본인에게 확인해봤어. 원래도 그림을 꽤 잘 그리는 편이었던 것 같은데, 고베 여행 무렵부터 본격적으로 시작해서 한 달 남짓 만에 인기를 끌게 됐나 봐. 천재라니깐."

"그 자식…… 요즘 들어 게임에 로그인을 안 한다 했더니……."

"이리도에게 프로듀스를 받는대. 어떤 일러스트를 그릴지, 둘이서 상의해서 정하나 봐."

"뭐엇?!"

그 여자…… 나 몰래 그딴 짓거리를……!

"괜히 훼방 놓을 생각 마. 유메와도 이미 이야기가 됐다고 하거든."

"알아. ……그건 그렇고, 겨우 한 달 만에……."

원래 어느 정도 실력이었는지는 모르지만, 대박을 친 이 일러스트는 풋내기 눈에는 프로급으로 보였다. 겨우 한 달 만에 이 경지에 이른 거라면 게임을 할 여유도, 연애를 할 여유도 없겠는걸.

"몰입할 게 있어서 좋겠네."

미나미는 한숨을 내쉬며 말했다.

"나는 여러 운동부에 도우미로 들어가봤지만, 뭔가 하나에 열중해본 적이 없어. 전부 어중간하게 하다 말았다니깐."

"그러면 나도 좀 어중간하게 대해줬으면 좋았을 거라고……."

"바로 그래서야."

스마트폰에 표시된 히가시라의 그림을 보면서…….

"연애로만 행복을 느끼는 나란 애가, 참 불쌍하단 생각이 들어."

불쌍한 건 나라고, 란 태클을 날리려다 겨우겨우 참았다.

그 심정이 이해가 안 되는 건 아니다. 나도 별다른 목표 없이 대충 살고 있기에, 자기가 나아갈 길을 정한 녀석을 보면 부럽다는 생각이 들었다.

"그림에 열중하는 것과, 남자에게 열중하는 것 사이에 딱히 우열은 없다고……."

"그럴까?"

"남자 쪽이 더 위험하기만 하겠지."

"그럼 괜찮겠네."

괜찮지 않아. 상대 남자가 위험에 처한단 이야기라고.

"아아~. 나를 행복하게 해줄 사람~, 어디 없을까~?"

"태클 날려줄까……?"

"가능하면 나 없이는 못 살 정도로 의존해주는 인간 말종이면 좋겠네~."

"태클 날려줄까……?"

그딴 조건에 들어맞는 사람은 이 세상 어디에도 없다고.

이리도 미즈토 ◆ 우리 사이에 남은 『처음』

LINE으로 지정한 곳은, 학교 5층에 있는 다목적 홀이었다.

교실의 두 배 정도 넓이인 이 홀에는 긴 흰색 책상 여러 개가 같은 간격으로 놓여 있었지만, 지금은 이 넓은 공간에 단 한 명만 있었다.

내가 문고 서적과 도시락을 안아 들고 안에 들어가자, 유메는 미소를 머금으며 손을 흔들었다.

"여기야."

그녀에게 다가간 나는 옆자리에 도시락을 내려놓으며 말했다.

"안 불러도 알아. 너밖에 없잖아."

"그래도 약속 장소에서 만나는 느낌이 나지 않아?"

"이제 와서 그런 『느낌』을 바라기에는 너무 많이 하지 않았어?"

나는 의자를 당겨서 유메의 옆에 앉은 후, 아무도 없는 홀 안을 둘러봤다.

"여기에는 문화제 때 회의를 하려고 몇 번 와봤는데, 지금은 아무것도 안 하네. 평소에는 잠겨 있지 않아?"

"흐흥."

유메는 의기양양하게 웃더니, 잘그락하는 소리를 내며 열쇠를 들어 보였다.

"이게 바로 학생회 권한이란 거야."

"……직권 남용에 가깝지 않아?"

"너무하네. 방과 후에 이용할 예정이라서 열쇠를 맡아뒀을 뿐이거든?"

잃어버리지 않으려고 조심하는 건지, 열쇠를 지갑 안에 넣어둔 유메는 「그리고」 하고 말하면서 책상 위에 둔 자기 도시락을 향해 손을 뻗었다.

"이렇게라도 안 하면, 같이 도시락을 먹을 수 없을 거잖아."

유메는 나를 힐끔 쳐다보며 부드러운 미소를 머금었다.

나는 왠지 부끄럽다는 느낌을 받으며, 도시락을 열었다.

"밥이라면 매일 같이 먹잖아."

"하지만 단둘이서 도시락을 먹는 건 처음 아냐?"

그건 그랬다. 카와나미나 미나미 양과 함께 먹은 적은 있지만, 단둘이서는 없었다. 평범한 의붓남매가 단둘이 도시락을 먹는 상황은 꽤 선을 넘는 짓이라고 판단했던 것이다.

"실은 더 은밀한 장소를 동경하긴 해. 만화에서 흔히 나오는, 옥상으로 이어지는 문 앞 같은 곳 말이야."

"거기, 더러울 것 같지 않아?"

"맞아. 솔직히 말해 밥 먹을 환경이 아니라고 생각해."

청소도 거의 하지 않을 것 같으니 말이다.

"나는 여기가 나은 것 같아. 인기척이 느껴질 때마다 흠칫흠칫할 필요도 없잖아."

이 층에는 도서실과 미술실, 공예실처럼 사람이 많이 찾지 않는 교실만 있다. 점심시간인 지금도 이야기 소리가 전혀 들려오지 않았고, 정적만이 감돌고 있었다.

"맞아. 이 넓은 홀을 전세 내니 사치를 부리는 것 같다니깐."

우리는 도시락의 뚜껑을 열었다. 내용물은 딱히 다르지 않았다. 내 도시락에 고기반찬이 더 많이 들어 있을 뿐이다. 그럴 만도 한 게, 둘 다 유니 씨가 싸준 도시락인 것이다.

이 생활을 막 시작했을 때는 유니 씨도 매일 도시락을 싸줬지만, 요즘은 도시락을 싸주지 않는 날도 늘어났다. 단순히 귀찮아진 것이 아니라, 요즘 들어 일 때문에 바쁜 것 같았다. 그것은 아버지도 마찬가지였으며, 올해 들어서는 두 사람 다 늦은 시간이 귀가하는 일이 잦아졌다.

"아, 네가 고기반찬이 많네."

내 도시락을 본 유메가 불만 어린 목소리로 그렇게 말했다.

나 또한 유메의 도시락을 쳐다보며……

"그러는 네 도시락은 균형이 잡혀 있는걸."

"아마 미용을 신경 써준 것 같은데…… 하지만 고기도 먹고 싶어……. 좀 나눠줄래?"

"살찔 거야."

"으윽."

유메는 인상을 찡그리며 입술을 내밀었다.

"보통은 여친한테 그런 말 안 하거든?"

"살쪘어?"

"……가슴이 커졌을 뿐이야."

"이사나 같은 변명 하지 마."

확실히 아직 성장기가 끝나지는 않았겠지만…….

"으으……! 이제까지는 『영양분이 전부 가슴으로 간다』고 말할 수 있었는데……!"

"크큭. 보너스 타임이 끝났구나."

"남 일인 것처럼 말하지 마! 너도 내가 뚱뚱해지는 건 싫잖아?"

"뭐, 너무 심하지만 않으면 괜찮아. 예전의 너는 너무 말랐었거든."

솔직히 말해 지금도 너무 말랐다. 끌어안았을 때의 감촉으로 판단해보자면 말이다.

나는 젓가락을 쥔 후, 도시락에서 닭튀김 한 개를 집어서 유메에게 내밀었다.

"자."

"으윽……! 아, 안 돼……. 내 어리광을 받아주지 마……. 남친이 괜찮다고 하면, 노력할 이유가 사라진단 말이야……."

"여친이 뼈만 앙상해지는 것보다 나아."

입술 앞으로 닭튀김을 내밀자, 유메는 입을 살짝 벌려서 새처럼 닭튀김을 조금만 쪼아먹었다.

"……맛있어……."

오물, 오물, 하며 내 닭튀김을 먹는 유메를 보니, 새끼 새에게 먹이를 주는 엄마 새가 된 심정이었다.

　닭튀김을 다 먹은 유메는 기름이 묻어 번들거리는 입으로 「으으」 하고 신음을 흘렸다.

　"다이어트하는 법을 알아봐야겠네……. 히가시라 양한테 물어볼까……."

　"걔가 다이어트 같은 걸 할 리가 없어."

　"거짓말! 다이어트하는 게 아니라면 그 밑가슴 둘레는 말도 안 되거든?"

　"요즘 걔는 저절로 살이 빠져. 작업에 열중하면 밥을 안 먹거든."

　겨울 방학에도 정말 큰일이었다. 이사나의 집에 가는 것을 자제하기로 했지만 딱 한 번, 나토라 씨가 「나, 놀러가니까 이사나 밥 좀 챙겨줘」라며 소환했었다. 이래서야 사육 담당이다.

　유메는 부러움과 걱정이 섞인 미묘한 표정을 짓더니…….

　"그건 살이 빠지는 게 아니라, 여위는 것 같은데……."

　"결과는 마찬가지잖아?"

　원래 이사나는 살이 쉽게 찌는 타입이 아니다. 체질적으로 그런 건지는 모르겠지만, 적어도 정신적으로 그랬다. 스트레스를 받아서 과식하는 일도 없다. 스트레스를 받으면 잠을 자서 푸는 타입이다.

하아, 하고 유메는 깊은 한숨을 내쉬었다.

"세상 참 불공평해."

유메가 그렇게 중얼거리며 채소를 깨작거리자, 나는 마음이 거북해졌다.

길고 아름다운 손가락, 손을 대면 부러질 것처럼 가느다란 손목, 전체적으로 가냘프고 호리호리하지만 나올 곳은 나온 몸매―.

아무리 봐도, 너는 불공평하다는 말을 듣는 쪽에 속한 인간이야.

나한테는 그런 말을 해도 되지만, 같은 여성한테 그런 말을 했다간 미움받을 것이다. 연인으로서 그녀의 몸매를 칭찬해줘서 자신의 아름다움을 자각하게 만드는 편이 좋을까.『찌찌는 무지 큰데 허리는 완전 잘록하네!』하고 말하면 될까? 완전 성희롱 변태 영감탱이 같은걸.

그럴 바에야 차라리 몸매를 유지하기 위해 노력하는 편이 『뭐~? 다이어트 같은 거 안 해~!』하고 떠들어대는 편보다는 인상이 좋으려나. 그렇다면…….

"뭐, 나를 위해서도 힘내달라고."

마지막 그 말은 별생각 없이 덧붙인 것이지만, 유메는 「뭐?」하면서 그 말에 노골적으로 반응했다.

"어? 왜 그래?"

"아니, ……저기, ……그러니까……."

우물쭈물하며 말을 잇지 못하던 유메는 방울토마토를 젓가락으로 톡톡 두드렸다.

"남친을 위해 몸매를 유지하는 건…… 저기, 뭐랄까…… 남친에게 바칠 공물을 준비하는 듯한 뉘앙스, 같아서……."

공물.

그 단어를 들은 순간, 내 뇌리에는 너무나도 진부한 장면이 떠올랐다. 얇은 시트로 알몸을 감싼 유메가 자기 몸을 바치듯 두 팔을 펼치며 『너를 위해 준비했어……』하고 속삭이는…….

"……너는 툭하면 나보고 밝힌다는데, 그러는 너도 만만치 않아."

내가 그렇게 말하자, 유메는 순식간에 귀까지 빨개졌다.

"어, 어쩔 수 없잖아?! 여자애한테는 현실적인 문제란 말이야!"

마치 남자한테 있어서는 환상적인 문제라는 듯한 발언이지만, 사실 그것은 나한테 있어서도 눈을 돌릴 수 없는 사안이었다.

확실히, 단둘이서 도시락을 먹는 건 처음이다.

하지만 그것은, 고등학생이 된 후의 이야기다.

중학생 때는 지금과 마찬가지로, 남들 눈을 피해 단둘이 도시락을 먹은 적이 있다. 그 외에도, 중학생 시절의 우리는 다양한 『처음』을 함께 경험했다.

첫 데이트도…….

첫 키스도…….

우리는 이제 막 사귀기 시작했지만, 옛날옛적에 그런 것들을 클리어했다.

그러니— 우리 사이에 남은 『처음』은, 하나뿐이다.

과거에 도전했고…….

실패로 끝났던 일이다.

"……."

"……."

이루 말할 수 없을 만큼 거리감을 느끼면서, 우리는 점심 식사를 마쳤다.

하바 죠지 ◆ 용기를 준비하는 용기

—어때……? 너만 괜찮다면, 집으로 초대하고 싶은데…….

이 며칠 동안 머릿속에서 수도 없이 되풀이되는 그 말 탓에, 나는 한숨을 내쉬었다.

그런 말을 듣고, 가슴이 뛰지 않는 남자가 있을 리 없다.

쿠레나이 씨는 항상 그렇다. 뻔뻔할 정도로 의도가 노골적이어서, 성실하게 선을 지키려 하는 자신이 비겁하게 느껴졌다.

다른 사람이 그랬다면 상대방이 착각에 빠졌을 뿐이라고

여겼겠지만, 쿠레나이 씨는 나 같은 녀석보다 훨씬 머리가 좋은 사람이다. 냉철한 생각 끝에 취한 언동이 틀림없다.

나는…… 무섭다.

쿠레나이 씨의 배경 코디를 처음 봤을 때부터 그랬다. 나를 위해 이렇게까지 해준다는 사실에 바보처럼 들뜨는 한편으로, 내 탓에 저런 짓까지 시키고 말았다는 어마어마한 죄책감에 사로잡혔다.

쿠레나이 씨 같은 사람이 나 같은 놈에게 호의를 품다니, 뭔가가 잘못된 것이 틀림없다.

하지만, 주위를 둘러보며 다소는 깨달았다.

연애라는 것은 뭔가가 잘못되었을 때만 발생하는 것이다.

그 잘못을 받아들일 용기가 나에게는 없다. 다름 아닌 내 탓에, 쿠레나이 씨가 잘못되었다는 것을— 도저히 받아들일 수가 없다.

나는, 나만큼 자기 평가가 낮은 인간을 알지 못한다.

자기 자신을 자연스럽게, 당연한 듯이, 길바닥의 돌멩이처럼 여긴다. 쓰레기보다는 낫다고 여겨질지도 모르지만, 나로서는 쓰레기라면 누군가가 주워줄 테니 차라리 낫다 싶었다.

길바닥의 돌멩이가 할 수 있는 건, 누군가에게 밟히는 것뿐이다.

……아니, 이것은 단순한 말장난이다. 지나치게 자기 자신을 비하하며, 자기혐오를 즐기고 있을 뿐이다. 나는 그저—

그렇다. 그저— 겁을 집어먹었을 뿐이다.

꿈만 같은 현실 앞에서, 꿈이 깨는 것을 두려워하고 있을 뿐이다…….

그렇게 생각하며, 나는 오늘도, 기계처럼 같은 시간에, 학생회실의 문을 열었다.

그러자, 그곳에는 알몸인 쿠레나이 씨가 있었다.

"응?"

"……아."

새하얀 등이 눈에 들어온 순간, 나는 얼어붙었다.

어른스러운 검은색 팬티만을 몸에 걸쳤고, 상반신은 알몸이었다. 그나마 목욕 직후처럼 목에 걸친 새하얀 수건이, 겨우겨우 가슴을 가려주고 있었다.

그 광경에서 도피하듯 주위로 시선을 돌려보니, 벗은 체육복이 책상 위에 놓여 있었다. 그러고 보니 오늘 5~6교시는 체육이었으며, 오래달리기를 했다. 교실에 모이지 않고 바로 하교해도 되기에, 학생회실에 바로 와서 옷을 갈아입는 김에 몸을 닦던 중이라는 것은 짐작이 됐다.

딱히, 쿠레나이 씨의 속옷 차림을 본 것은 이번이 처음은 아니다.

오히려 쿠레나이 씨는 꽤 자주 속옷 차림을 보여줬다. 그래서 익숙하지는 않더라도, 내성은 있는 편이었다.

하지만, 오늘은 타이밍이 나빴다.

일전에 그런 식으로 작별했는데, 저런 모습을 보면—.

"죄송합—."

"문."

내가 사과하기 직전에, 쿠레나이 씨가 난처한 듯이 웃었다.

"추우니까, 닫아주지 않겠어?"

"아…… 네."

나는 그 말에 따라, 등 뒤로 손을 돌려서 문을 닫았다.

그제야 눈치챘다. 왜 방에서 나가지 않은 걸까. 쿠레나이 씨가 저렇게 태연하게 행동하니, 도망칠 일은 아니란 생각을 하고 말았다.

아직 늦지 않았다. 빨리 학생회실에서 나가—.

"죠."

문 쪽으로 돌아서려던 순간, 쿠레나이 씨는 이미 내 눈앞까지 다가와 있었다.

뒷걸음질을 치다 보니, 등이 문에 부딪혔다. 그 직후, 내 얼굴 옆으로 내민 쿠레나이 씨의 손이 문을 짚었다.

흔히 벽쿵이라고 하는 자세다.

목에 수건을 둘렀을 뿐인 쿠레나이 씨가 놀리듯이 옅은 미소를 머금더니, 왼손의 손가락으로 내 귀의 윤곽을 훑듯 쓰다듬었다.

"빨개졌는걸?"

얼굴에 피가 쏠리는 것을 느끼면서, 설마 하고 나는 생각했다.

"기…… 기다리고 있었던 거죠……?"

쿠레나이 씨는 의미심장한 웃음을 흘렸다.

이상하다고 생각했다. 몸을 닦는 중인데, 수건을 목에 걸고 있는 점이 말이다. 내가 오기를 기다리고 있었던 것이다. 일전에 자신의 유혹을 뿌리친 나를 잡으려고 함정을 파놓고 기다린 게 틀림없다.

그 함정으로 돌발 이벤트를 연출한 것을 보면, 여전히 『참고 자료』에 문제가 있는 것 같지만 말이다.

쿠레나이 씨는 내 사타구니에 자기 무릎을 비집어 넣었다. 쿠레나이 씨는 나보다 훨씬 덩치가 작고 호리호리하지만, 나는 마치 식충식물의 넝쿨에 휘감긴 듯한 느낌이 들었다.

쿠레나이 씨는 내 눈동자를 지그시 응시하며, 말했다.

"일전에는, 감히 나한테 창피를 줬지?"

나는 그 눈길을 피하듯 고개를 돌리며, 신음하듯 말했다.

"그, 그때는…… 정말……."

변명을 막으려는 듯이, 쿠레나이 씨는 내 목덜미를 쓰다듬었다. 가녀린 손가락이 피부를 훑는 감촉에, 오싹한 느낌이 파도처럼 온몸에 휘몰아쳤다.

그런 내 반응을, 쿠레나이 씨는 즐기는 것 같았다. 얼굴에는 여유로운 미소가 어려 있지만, 서서히 볼이 상기되면서 흥분하는 게 느껴졌다.

크, 큰일 났다……. 어떻게든 도망쳐야만 해……!

"누…… 누가 올 거예요……! 빨리, 옷을……!"

"그럼— 이번에야말로, 우리 집으로 가자."

그렇게 말한 쿠레나이 씨는 가슴을 가린 수건을 손가락으로 짚었다.

"그러면 남들 눈을 신경 쓸 일 없이…… 전부, 즐길 수 있겠지."

쿠레나이 씨는…… 웃기지 않는 농담은, 입에 담지 않는 사람이다.

그래서 나는 안다. 그녀가 진심이 아니었던 적은 없다. 놀리는 것처럼 보여도, 실은 전부 진심을 담아 나에게 대시했다.

놀리는 것이라 여기고 싶었던 건, 바로 나다.

고베 여행 때, 호시베 선배는 아소 씨의 마음에 진심으로 답했다. 하지만 나는 이유를 둘러대며 쿠레나이 씨와 진심으로 마주하는 것을 피했다. 그래서 쿠레나이 씨도 발끈한 나머지, 이런 짓을 벌이기 시작한 것이다. 알고 있다. 나는 알고 있다.

나는, 사람을 보는 눈 하나는 정확하다.

그것은…… 쿠레나이 씨도, 인정해줬다.

쿠레나이 씨의 손가락이, 천천히, 수건을 잡아당겼다. 아직 앳된 느낌이 남아 있는, 미완성된 정취가 감도는 가슴이, 서서히 모습을 드러냈다. 이대로 입 다물고 있으면, 제대로 마주하지 않는다면, 아마 전부 보게 될 것이다. 그것은 러키일까? 아니, 그렇지 않다. 그것은, 그것은, 그것은—.

"—쿠레나이 씨!"

수건을 걷어내기 직전에, 나는 쿠레나이 씨의 몸을 끌어안았다.

자기 몸을, 쿠레나이 씨의 몸과 밀착시켜서, 가렸다.

「하웅」 하고 쿠레나이 씨가 작게 비명을 질렀다.

이렇게 작고, 이렇게 가녀리며, 이렇게 매력적이기에— 나는……

"이런 짓…… 하지 마세요……."

솔직한 마음을, 털어놓을 수밖에 없었다.

"기왕이면, 저는…… 순서를, 지키고 싶어요."

"뭐?"

쿠레나이 씨는 놀란 듯한 반응을 보였다.

하지만 코앞에서 내 얼굴을 보고 내 손에 어린 긴장을 느끼더니, 어쩔 수 없다는 듯이 작게 웃음을 흘렸다.

전부, 들킨 것이리라. 지금의 나에게는, 쿠레나이 씨와 정면으로 마주할 용기가 없다는 것을 말이다. 그래서 이렇게, 시선을 마주하려 하지 않는다는 것도…….

"어떤 순서, 말이지?"

전부 알면서, 심술궂게 물었다.

고베 여행 때를 떠올리면서, 나는 더듬더듬 말했다.

"같이 놀러 간다거나…….."

"이미 몇 번이나 갔을 텐데?"

"손을, 잡는다거나……?"

"그것도 했다."

"그럼, 포옹……."

"지금 하고 있지."

하아, 정말. 머릿속이 빙글빙글 돌면서, 제대로 된 생각을 할 수가 없었다.

그 외에, 하지 않은 것을 꼽자면—.

"키…… 키스……?"

볼에 키스를 받은 적은 있지만…… 입으로 한 적은 없다.

내 품속에서, 쿠레나이 씨의 몸이 약간 떨렸다. 웃고 있다는 것을, 목소리가 들리지 않는데도 알 수 있었다.

"죠는, 나와 키스가 하고 싶은 거구나?"

"하, 하고 싶달까…… 어디까지나, 일반론을……."

"알았다."

쿠레나이 씨는 내 등에 손을 두르더니, 놔주지 않겠다는 듯이 꼭 끌어안았다.

"미안하다. 나도 좀, 조바심이 났던 것 같다. 마음을 다잡고, 다시 너에게 구애하겠어. 그래. —한 달 후면, 밸런타인데이니까 말이지."

……밸런타인데이.

"그로부터 또 한 달 후— 화이트데이 때, 분명 너는 나와 키스하고 싶어 안달이 나 있겠지. 그러니—."

쿠레나이 씨는 갑자기 내 품속에서 슬쩍 빠져나갔다.

그리고 나한테서 등을 보이더니— 목에 걸친 수건을 걷어 냈다.

"—이다음은, 그때까지 미뤄두겠어."

실오라기 하나 걸치지 않은 상반신의 등만이 보이는 가운데, 쿠레나이 씨는 어깨 너머로 나를 돌아보며 심술궂은 미소를 머금었다.

나는 그 자리에 털썩 주저앉았다. 조그마한 등을 보이며 뒤돌아 서 있는 쿠레나이 씨가, 고혹적이라기보다 용맹해 보였다.

……미룬다.

……두 달이나.

자기가 거부해놓고, 그런 말을 듣자마자 아쉬움을 느끼는 내가 한심했다.

나의 그런 마음을 꿰뚫어 본 것처럼, 쿠레나이 씨는 기분 좋게 웃었다.

"＿＿＿＿＿＿＿."

"＿＿, ＿＿＿＿."

"＿＿＿＿."

……아, 큰일 났다.

"쿠, 쿠레나이 씨!"

"응? 왜 그러지? 역시 참을 수가—."

"목소리가……! 다들 여기로 오고 있어요!"

그 순간, 허둥지둥 교복을 안아 든 쿠레나이 씨가 옆 방인 자료실로 뛰어들어갔다.

몇 분 후. 학생회 임원들 앞에 모습을 보인 쿠레나이 씨의 표정은 태연했지만, 목덜미의 리본이 살짝 삐뚤어져 있었다.

카와나미 코구레 ◆ 항상 나중에 새삼스럽게

—연애로만 행복을 느끼는 나란 애가, 참 불쌍하단 생각이 들어.

3학기가 시작되고 보름 정도 흘렀을 때, 며칠 전에 들었던 미나미의 말이 불쑥 머릿속을 스쳤다.

딱히 공감하는 건 아니다. 남의 연애를 존귀하다 여기는 자신의 감성을 나는 불쌍하다고 생각하지 않는다. 그런 소리를 했다간 YouTuber나 아이돌, 게임 캐릭터를 좋아하는 녀석들도 마찬가지다. —확실히 히가시라처럼 창작자의 길을 걷는 사람은 대단하다고 생각하지만, 딱히 어느 한쪽이 더 낫다고 여기지는 않는다.

하지만 그 말이 가시처럼 마음에 계속 걸리는 건…… 아마도, 자신감이 없어서이리라.

나는 처음부터 연애 ROM 전문이었던 것은 아니다. 과거에 연애를 하다 따끔한 맛을 보고 이쪽으로 전향한 이른바— 패배자다, 라는 말은 좀 심한 걸지도 모르지만, 부정적인 이유에서 비롯된 취미인 건 틀림없다.

그렇다 보니, 마치 태어날 때부터 그런 것처럼 자연스럽게 좋아하는 게 생겨서, 인도되듯 거기에 열중하는 녀석들에게…… 확실히 열등감 같은 것을 느꼈다.

눈부셨다. 그 순수한 정열이 말이다.

그런 마음을 주위의 연애를 볼 때도 느낀다. 고베 여행 때, 호시베 선배를 보면서도 느꼈다. 자신은 이제 저렇게 순수해질 수 없다고— 체념 같은, 선망 같은, 그런 감정이 머릿속에서 고개를 치켜든 탓에 짜증이 치솟았다.

……아아, 껍데기만 인싸인 애 같은걸.

내 인생이 이렇게 꼬여버린 건 그 여자 탓이다. 책임을 지라고 말하고 싶지만, 그랬다간 걔는 희희낙락할 게 뻔하기에 직접 생각해볼 수밖에 없다. —내가 어떻게 살아갈지를 말이다.

"어라, 안녕~."

어울리지도 않게 철학적인 생각을 하며 방과 후에 교내를 정처 없이 떠돌고 있을 때, 마침 머릿속에 떠올린 이와 마주쳤다.

미나미 아카츠키다. 무슨 일인지, 조그마한 몸에 번호가 적힌 조끼를 걸치고 있었다.

"안녕. 그런데, 그 꼴은 뭐야?"

"인원수 채워주는 도우미를 맡았어. 그리고 지금은 휴식 시간이야."

그렇게 마한 미나미는 정수기에 다가가더니, 머리카락을 손으로 누르며 뿜어져 나오는 물줄기에 입을 가져갔다.

그리고 꿀꺽꿀꺽 물을 마시더니, 「휴우~」 하고 숨을 토하며 고개를 들었다.

그리고 조끼 자락을 당겨서 입가를 닦았다.

그 바람에 새하얀 배와 파란색 브래지어 가장자리가 무방비하게 노출되자, 나는 화들짝 놀랐다.

일단 주의를 줄까도 했지만, 『남의 눈길 좀 신경 써』 하고 말했다간 독점욕을 드러내는 것 같아서 좀 그랬다. 그렇다고 눈길을 돌리며 못 본 척하는 것도 의식하고 있는 것 같아 싫었다.

"……아직 1월 중순인데, 안 추운 거야?"

결국 나는 그런 식으로 어물쩍 화제를 돌렸다.

미나미는 조끼 자락을 놓으며 말했다.

"몸을 움직였더니, 신경 안 쓰여."

"아, 그래……."

전부터 생각했던 건데, 운동부 조끼는 왜 저렇게 빈틈이 많은 걸까. 헐렁한 탱크톱 같아서 몸을 숙이기만 해도 안쪽이 훤히 보일 것 같다. 그런 건 체육복 위에 걸치라고.

"네 키로 활약할 수 있겠어? 상대방이 공 들어 올리면 손이 안 닿지 않아?"

"그건 점프력으로 커버해. 『작은 거인』이라고나 할까?"

"개구리 같네."

"산양 같다고 해, 산양 같다고. ……에취."

갑자기 재채기를 한 미나미는 훤히 드러난 어깨를 부르르 떨었다. 몸이 식은 것 같았다. 어쩔 수 없지. 나는 교복 위에 걸친 조끼를 벗어서 미나미의 어깨에 걸쳐줬다.

"고마워. 그리고 티슈도 있으면 좀 줘."

"그래."

포켓 티슈를 꺼내서 건네주자, 미나미는 킁~! 하고 힘차게 코를 풀었다.

"그래도……"

티슈를 동그랗게 구긴 미나미는 코맹맹이 소리로 말을 이었다.

"본업인 애와 제대로 붙으면 못 이겨. 내가 할 수 있는 거라곤 요리조리 뛰어다니며 교란하는 게 다야. 인원수 채워주는 도우미에 딱 걸맞은 실력이려나~."

분하다는 감정이 전혀 섞여 있지 않은 메마른 목소리였다.

미나미는 여러 운동부에 도우미로 들어가 있지만, 그중에 진심으로 열심히 하는 건 없다. 운동신경이 좋아서 어떤 스포츠도 금방 요령을 파악하지만, 더욱 높은 수준까지 올라가려는 정열은 가지고 있지 않았다.

"너는 여러 운동부에 속해 있지? 그중에서 뭘 가장 잘하는데?"

내가 문득 궁금해져서 물어보자, 내 눈을 쳐다본 미나미는「으음~」하고 신음을 흘리며 위쪽을 올려다보았다.

"뭐랄까. 전부 내 적성에 맞지 않는 것 같아."

"그렇게 다들 모셔가려고 난리인데 말이야?"

"나는 그냥 요령이 좋을 뿐이야. 결국 웬만한 스포츠는 키가 큰 쪽이 유리해. 그냥 달리기만 해도 보폭이 큰 사람이 유리하잖아? 체중이 가벼워서 순발력은 있는 편이지만 말이야."

"아~. 마리오 카트에서 경량급이 가속이 빠른 것과 마찬가지구나."

"그래~."

하지만 상위 랭커는 하나같이 최고 속도가 빠른 중량급을 쓴다.

"그러니까, 이제까지 해본 것 중에서 그나마 내 적성에 맞는다고 느낀 건 탁구야~."

"그러고 보니 옛날에 가족여행을 갔을 때, 너한테 탁구로 박살난 적이 있었지~."

"맞아~. 네가 토라져서, 내가 완전 진땀 뺐잖아."

"열심히 해볼 생각은 안 들었어?"

"적성에 맞는지와 열심히 해볼지는 별개의 이야기거든."

고등학교 1학년이 막바지에 다가서자, 다소는 인간이란 존재에 대해 알게 됐다.

세상에서 천재라 불리는 녀석들은 재능을 가지고 태어나서 대단한 게 아니다. 뭔가에 몰입하게 해주는 무한한 열의를 가지고 있어서 대단한 것이다.

자신에게 그것이 없다는 것을 눈치챘을 때, 사람은 어른에 한 걸음 다가선다.

……하지만, 어째서일까.

마치 자기가 내버려진 듯한 느낌이 들었다─.

"기다리지 말고 먼저 돌아가지 그랬어."

"볼일이 좀 있어서 겸사겸사 기다린 거야."

어?

건물 안에서 귀에 익은 목소리가 들려왔기에, 우리는 뒤돌아보았다.

우리는 현재, 체육관으로 이어지는 연결 복도에 있었다.

거기서 건물 안을 보니, 복도 끝에 있는 이리도 남매의 모습이 눈에 들어왔다.

이리도 양은 이제부터 하교하는 것 같았다. 가방을 손에 들고 있었다. 이리도는…… 왜 아직 학교에 있는 거지? 도서실에서 히가시라와 노닥거리는 건 관뒀지 않아?

"돌아가는 길에 시장 봐야 해. 엄마한테 부탁을 받았거든."

"어쩔 수 없지. 짐꾼이 되어주겠어."

"그럼 잘 부탁해."

"자기 가방은 자기가 들어."

"되게 쩨쩨하네."

나와 미나미는 누가 먼저랄 것 없이, 서로의 얼굴을 쳐다봤다.

이리도 남매는 학교 안에서 그다지 친하게 지내지 않았다. 그래서 입학 직후에 이리도 양이 직접 퍼뜨린 브라콤 소문도 금방 사라졌다.

하지만, 저 분위기는, 어딘가…….

"그럼 가자."

"그래."

그리고, 결정적인 순간이 찾아왔다.

이리도 양이, 슬쩍, 태연히, 자연스럽게…….

의붓남매인 이리도와, 팔짱을 낀 것이다.

어리광을 부리듯 이리도 양이 어깨를 맞대자, 이리도는 「아직 학교 안이야」 하고 주의를 주면서 팔을 뺐다.

하지만 두 사람은 사이좋게 나란히 서서, 건물 입구 방향으로 사라졌다…….

"……."

"……."

우리는 아연실색한 채, 그 뒷모습을 응시했다.

내 가슴속에는, 단 한 마디만이 존재했다.

—당했다!

이리도 자식, 내가 모르는 사이에, 나 몰래……! 틀림없어! 우리 집에 묵었던 크리스마스 이후로, 저 두 사람 사이에 무슨 일이 있었던 거야!

"미나미……!"

분한 마음과 흥분을 동시에 느끼며, 미나미에게 말을 건넸다.

그러자— 어찌 된 건지 미나미는 입을 반쯤 벌린 채, 이리도 남매가 사라진 복도를 줄곧 응시하고 있었다.

"왜 그래?"

"그게 말이야~."

미나미는 눈을 감더니, 적당한 말을 찾듯 잠시 뜸을 들인 후…….

"……미니 실연?"

"뭐?"

이제 와서 무슨 소리를 하는 거지. 이리도 양은 옛날옛적에 포기했던 거 아니었어?

"유메는 물론이고, 이리도한테도 전에 한 번 구혼했던 사람으로서, 뭐랄까, 좀, 마음이 복잡하달까……."

"양쪽 다 연애와는 동떨어진 거잖아."

"그렇긴 한데! 그렇긴 한데⋯⋯."

⋯⋯뭐, 이럴 때는 여러모로 힘들겠지.

마음을 정리했다고 생각했는데 그렇지 않았다. 마침표를 찍었다고 생각했는데 찍지 않았다.

자기도 모르게, 질질 끌고 있었던 것이다.

"그럼, 위로해줄까~?"

나는 놀리는 투로 그렇게 말했다. 그편이 지금의 이 애한 테는 잘 먹힐 것 같았다.

아니나 다를까, 미나미는 내 얼굴을 올려다보며 씨익 웃더니⋯⋯.

"그럼 누구 집으로 갈까?"

"뭐? 왜 집 한정인데?"

"뻔하잖아. 상처 입은 여자애를 위로해준다는 건⋯⋯."

"나를 발정남 취급 말라고~!"

푸흡, 하고 미나미는 웃으면서 어깨를 부르르 떨었다.

용케 이딴 음담패설을 늘어놓는걸. 저렇게 풋풋한 두 사람의 모습을 보고도⋯⋯.

⋯⋯풋풋해 보인 건가.

어쩌면 나만 그렇게 보인 걸지도 모른다. 저 두 사람은 우리보다 훨씬 성가신 상황이었다. 그것을 극복했기에, 저런 모습이 될 수 있는 것이다.

그런데, 나는, 대체, 언제까지⋯⋯.

하아, 하고 한숨을 내쉬었다.

"부활동은 언제 끝나?"

"응? 30분 정도면 끝나는데, 왜?"

"그럼 그때까지 기다리겠어."

저 두 사람도 앞으로 나아갔는데— 나만 계속 방관자 행세나 하며, 어물쩍대고 있을 수는 없다고.

"돌아가는 길에, 같이 어디 놀러 가자."

"정말? 오래간만이네."

"실연 기념으로 내가 한턱내지."

"오~! 상처 입기 잘했네!"

"상처 입은 애는 그딴 소리 안 한다고."

미나미는 어깨에 걸치고 있던 내 조끼를 쥐더니, 나를 향해 던졌다.

"잠시만 기다려! 시합, 후딱 끝내고 올게!"

미나미는 그 말을 남긴 후, 쏜살같이 뛰어갔다.

"농구는 시간제잖아……."

미나미의 온기가 남아 있는 조끼를 손에 쥔 채, 나는 작게 웃음을 흘렸다.

그 고베 여행을 통해, 겨우 결심이 섰다.

나도, 앞으로의 일을 생각해야겠지—

집 안에서 우리가 연인으로 지낼 수 있는 시간과 장소는 한정되어 있다.

방과 후, 학교에서 돌아온 후부터 부모님이 돌아올 때까지다.

그리고 그 외에는 부모님이 1층에 있거나 자기 방에 있을 때만, 2층 복도에서 몰래 연인으로 지낼 수 있다.

"그럼, 잘 자."

"너도 잘 자."

유메를 향해 손을 흔든 후, 나는 내 방으로 돌아왔다.

옆방에서 미세한 기척이 느껴지는 가운데, 나는 책더미를 피하며 침대에 걸터앉았다.

그리고 스마트폰의 화면을 보니, 마침 유메에게서 메시지가 왔다.

〈잘 자♥〉

메시지 끝에 달려 있는 마크를 본 나는 작게 웃음을 흘렸다. 참 노골적이네.

나 또한 **〈잘 자〉** 하고 답장을 보낸 후, 침대에 벌러덩 드러누웠다.

스마트폰을 이용하면, 시간과 장소에 구애될 필요가 없다.

자기 전에 이렇게 LINE을 주고받을 수 있고, 때로는 영상 통화로 이야기를 나누기도 했다.

하지만— 서로를 만질 수 있는 건, 잠시에 불과하다.

이래서는 원거리 연애다. 한집에 살고 있지만, 집 안에 있을 때 서로가 가장 멀게 느껴졌다.

그래도…… 언젠가는, 앞으로 나아가야 할 순간이 찾아올 것이다.

중학생 때, 우리는 많은 경험을 했다. 지금은 새로운 시작임과 동시에, 그 시절의 연속이기도 했다.

가족이라는 것을 알면서도, 연인이기를 선택했다면.

우리는…… 증명해야만 한다.

중학생 시절과 똑같은 전철을 밟지 않는다는 것을— 그 시절보다, 더 앞으로 나아갈 수 있다는 것을 말이다.

"……."

무게 잡으면서 말하기는 했지만, 엉큼한 기대를 하고 있는 사춘기 남자와 별반 다를 게 없는걸.

유메는 어떻게 생각하고 있을까.

나와 함께, 앞으로 나아갈 마음이— 있을까?

이리도 유메 ◆ 기대와 불안

"하아……."

침대 위에 벌러덩 드러누운 채, 나는 자기 가슴을 억눌렀다.

두근두근, 이유도 없이 두근거리는 게 느껴졌다.

올해 들어서 갑자기, 미래로 이어지는 입구가 눈앞에 나타났다. 그것을 통과하는 자신을 상상하니, 너무나도 부끄러우면서 불안에 휩싸였다. 스스로가 생각하기에도 정서불안 그 자체였다.

그도 그럴 것이, 계속 떠올리고 마는 것이다.

연인과 잤을 때의 일을 이야기해주는 아소 선배의 행복해 보이는 얼굴— 그리고 약 2년 전, 처음으로 이 집에 왔을 때의 일을 말이다.

"으~~~~."

베개를 꼭 끌어안으면서, 침대 위에서 데굴데굴 굴러다녔다.

물론 각오는 하고 있었지만, 현실이 되니 안절부절못하게 됐다. 인터넷으로 검색해보니, 처음으로 『그것을 하는』 장소는 『남친의 방』이 가장 많은 것 같았다. 아소 선배도 그랬다고 했다. 하지만 내 남친의 방은 바로 옆방이며, 자기 부모님이 사는 집이기도 했다. 그렇게 간단히 그런 예정을 짤 수는 없다.

하지만, 언젠가는…… 언젠가는, 그런 타이밍이 찾아오리라고 생각한다.

이르다고는 생각하지 않는다. 우리는 꽤 오랫동안 발만 동동 굴렀으니, 오히려 늦은 편이라고 생각한다. 그러니 나는…… 각오를 다지고, 그 순간에 임할 것이다.

기대가 되면서 무섭고, 무서우면서 즐겁다. 으으……!

……미즈토도 생각하고 있을까? 내…… 그러니까, 야한 모습을 망상하며, 이렇게 해야지, 저렇게 해야지, 하고……. 어, 어쩌지. 나, 그런 쪽으로는 아는 게 없어……! 물어보는 편이 좋을까? 아카츠키 양이나 아소 선배에게……! 하지만 뭐라고 물어보면 되는데?! 너무 부끄러워~!

……일단 진정하자.

나중 일은 나중 일이다. 구체적인 예정이 잡힌 것도 아니니……. 지금은 눈앞의 일에 집중해야만 한다.

내년도 예산회의가 아니다—.

2월 14일.

그렇다. —밸런타인데이가 얼마 남지 않은 것이다.

평범한 여자애의 고백

이리도 유메 ◆ 고백 표정 선수권

학교에서 단둘이 있게 됐을 때, 나는 용기를 내서 말을 꺼냈다.

"아카츠키 양…… 밸런타인데이 때, 어쩔 거야?"

아카츠키 양은 눈을 살짝 치켜뜨며 내 얼굴을 쳐다보더니 『오호라~』하고 말하는 듯한 표정을 지었다.

"오호라~."

진짜로 말했다.

"혹시 그건가요? 이리도에게 수제 초콜릿을 주고 싶어서 인터넷으로 만드는 법을 검색해봤지만, 그래도 불안하니까 잘 아는 사람한테 가르침을 받고 싶다…… 같은 거 아니신지요?"

"그, 그런 소리를 하려는 건 아냐……."

하지만, 거의 정확하게 맞췄다.

미즈토와 사귀기로 한 것이 들통난 후로 아카츠키 양은 여러모로 배려해주고 있지만, 때때로 눈치가 너무 빨라서

섬뜩할 때가 있다. 미즈토도 눈치로는 아카츠키 양 못지않지만, 왜 그녀가 이런 말을 할 때면 마음이 좀 거북해지는 것일까.

"좋아! 나도 만들 생각이었으니까, 같이 만들자! 중탕하는 법부터 머리카락 집어넣는 법까지, 세세하게 가르쳐줄게!"

"아니, 못 먹는 걸 집어넣을 생각은 없어."

농담한 거지?

내가 품은 미세한 의문을 무시한 아카츠키 양은 「아, 그럼 말이야」 하고 말을 이었다.

"한 명 더 부르자."

"한 명 더?"

"그래. 있잖아? 내버려 뒀다간 의리 초콜릿도 준비 안 할 것 같은 애 말이야."

"초콜릿……?"

점심시간에 교실로 찾아가서 같은 반 애에게 부탁해 불러 낸 히가시라 양은, 청천벽력 같은 소리를 들은 듯한 표정을 지었다.

"그러고 보니……. 그런 문화가, 있긴 했죠……."

"밸런타인데이를 대체 어떤 날이라고 생각하는 거야?"

"고백하는 미소녀 일러스트가 잔뜩 돌아다니는 날이라고……."

뭐, 이제는 놀랍지 않았다. 연애에 어두운 여자애가 밸런타인데이에 품은 인식은 보통 이럴 것이다. 친구 초콜릿을 남에게 줄 기회도 없었던 것 같으니 말이다.

"히가시라 양도, 미즈토에게 신세를 지고 있잖아?"

나는 말했다.

"그러니 감사의 마음을 담아, 초콜릿을 만들어 선물하는 것도 괜찮지 않을까 싶어."

"오~! 멋져, 유메! 본처의 여유라는 거구나!"

"놀리지 마!"

하지만 히가시라 양은 끄응…… 하는 신음을 흘리며 난처한 듯이 미간을 찌푸렸다.

"지당한 말씀이시지만, 마감이 있어서……."

"마감? 무슨 마감?"

"밸런타인데이에 올릴 일러스트의……."

"가공의 밸런타인데이를 위해 자기 밸런타인데이를 소홀히 해서야, 주객전도 아닐까?"

아카츠키 양은 어처구니없다는 투로 그렇게 말했지만, 히가시라 양과 미즈토에게 있어서는 초콜릿 하나보다 훨씬 중요한 것이리라.

히가시라 양은 고개를 갸웃거리며 말했다.

"구도는 짰는데, 표정이 확 와닿지가 않아요. 이럴 줄 알았으면, 미즈토 씨에게 고백할 때의 제 모습을 동영상으로 찍어둘 걸 그랬다니까요."

"자기 청춘을 참고 자료로밖에 여기지 않나 보네……."

"이리도에게 물어보면 어때? 정면에서 봤을 거잖아."

"미즈토 씨의 말로는, 제가 그리는 캐릭터는 저와 하나도 안 닮았으니까 참고해봤자 소용없을 거래요."

확실히 히가시라 양이 그린 일러스트에 나오는 캐릭터는 누가 봐도 자기라고 여길 만큼, 지극히 일반적인 여자애가 대부분이다. 괴짜의 길을 한결같이 걸어온 히가시라 양과는 정반대다. 참 불가사의한 일이다.

"……아, 좋은 생각이 났어요."

""응?""

히가시라 양은 갑자기 목에 걸린 가시가 빠진 듯한 표정을 지으며 말했다.

"두 사람이 보여주세요. 좋아하는 사람에게 고백할 때의 표정 말이에요."

"뭐……?"

"그러면 저도! 초콜릿 만들러 갈 수 있다고요!"

이, 이상하네……. 히가시라 양을 위해 말을 꺼낸 건데, 왜 우리가 대가를 치러야 하는 거지……?

"으음~, 어쩔 수 없네."

내가 그런 지당한 의문에 휩싸여 있을 때, 아카츠키 양이 아무렇지 않게 받아들이면서 「으음」 하고 가볍게 헛기침을 했다.

우리의 시선이 몰리자, 아카츠키 양은 힐끔 나를 쳐다본 후에 얌전한 표정을 지었다.

그리고, 포니테일 끈을 만지작거렸다. 긴장감을 필사적으로 풀고 있는 것처럼…….

"……좋아해……. 저기, ……너는 어때……?"

그 순간, 나와 히가시라 양은 호흡을 멈췄다.

속삭이는 듯한 가녀린 목소리와, 평소의 활기찬 모습에서는 상상도 안 되는 심약한 표정— 연기라는 것을 아는데도, 가슴이 격렬하게 뛰기에 충분했다.

"귀여워요!! 최고예요!!"

"헤헤~♪ 땡큐~ 땡큐~."

히가시라 양이 심플하게 극찬을 보내자, 아카츠키 양은 배시시 웃었다. 뭐든 잘하는 사람이라고 생각했지만, 설마 연기도 잘할 줄이야. ……혹시, 실제 체험을 참고한 고백이었던 걸까……?

"그럼, 다음은 유메네."

아카츠키 양이 씨익 웃으며 나를 쳐다봤다.

나는 움찔했다.

"자, 자료는 방금 그걸로 충분하지 않아……?"

"많으면 많을수록 좋을 거잖아! 히가시라 양, 안 그래?"

"물론이죠!"

"나, 나는 아카츠키 양처럼 능숙하지 않아!"

"괜찮아. 실제로 했을 때처럼 하면 돼."

아카츠키 양은 놀리듯이 히죽거리며 그렇게 말했다.

"고백, 한 거지~? 사귀고 있잖아~."

혹시, 이게 목적이었던 건가……! 나한테서 사랑 이야기를 듣고 놀려주려고……!

"아, 아니…… 나는, 저기……."

"으응~?"

추궁을 피하려는 듯이 시선을 돌리고, 손등을 입가에 대서 표정을 감춘 후…….

부끄러움을 참으며, 나는 말했다.

"상대가 먼저, 말해줬단 말이야……."

중학생 때도, 러브레터에 기댔다.

고백에 답한 적은 있지만, 자기 입으로 고백한 적은, 사실…….

""……""

정신을 차리고 보니, 아카츠키 양과 히가시라 양이 꼼짝도 하지 않았다.

그런 두 사람은, 혼이 빠져나간 것처럼 무표정했다.

"……뭐, 뭐야? 왜 그래?"

히가시라 양이 「그, 그게……」 하면서 이마를 손으로 누르더니…….

"귀여운 모습을 보고 느낀 두근거림과, 애정 과시에 따른 대미지를 동시에 받은 탓에 감정의 처리가……."

"앗! 미, 미안해……! 히가시라 양 앞에서 할 이야기가 아니었어……!"

내가 허둥대는 가운데, 아카츠키 양은 깊이 고개를 끄덕였다.

"이해해, 히가시라 양……. 방금 그건 나한테도 먹혔어……."

"아카츠키 양은 어째서야?!"

아무튼 이것으로, 세 사람의 수제 초콜릿 연구회 개최가 결정됐다.

아소 아이사 ◆ 남겨진 자

란란이 다람쥐처럼 귀엽게 초콜릿을 먹는 모습을, 나는 진지한 표정으로 응시했다.

"어때……?"

란란은 꿀꺽 하고 입안의 초콜릿을 삼킨 후, 입을 열었다.

"결론부터 말하자면……."

"꿀꺽."

"너무 많이 먹어서 잘 모르겠어요."

학생회실의 테이블 위에는 내가 만든 초콜릿 포장지가, 잔해처럼 쌓여 있었다.

전부 다, 내 노력의 결정체― 수제 초콜릿의 시제품이다.

물론 나도 시식을 하기는 했지만 여자와 남자는 취향이 다를지도 모르는 만큼, 왠지 남자 같은 취향을 지닌 듯한 란란에게 맛을 봐달라고 했다. 결코 란란 말고 친구가 없어서 그런 건 아니다.

란란은 초콜릿으로 더러워진 입술을 휴지로 닦으면서 말했다.

"수제 초콜릿이라고 해도 시판 초콜릿을 녹여서 굳혔을 뿐이니까, 맛이 크게 다르지는 않을 거잖아요. 그러니 이렇게 잔뜩 만들 필요는 없지 않을까요?"

"란란은 진짜 남자 같은 소리를 하네! 녹여서 굳히는 게 얼마나 고생인지 알아?!"

"그럼 그 고생을 어필하면, 호시베 선배도 기뻐하지 않을까요?"

"······그건 그렇지만······."

나는 책상 위에 올려둔 두 팔로 턱을 괴면서, 입술을 살짝 내밀었다.

"저기, 선배는 좀 있으면 졸업하잖아? 대학에 가잖아? 주위에 여대생이 바글바글할 거잖아? 나쁜 벌레가 들러붙을 것 같잖아?"

"뭐, 아소 선배 같은 선례가 있으니까요."

"나쁜 벌레라고 말한 거야? 자기를 학생회에 추천해준 고마운 선배를?"

뭐, 됐다.

"아무튼! 선배가 이상한 여자한테 속아 넘어가지 않도록, 이참에 나한테 푹 빠지게 만들고 싶어! 그러려면 최강의 초콜릿이 필요해!"

"그렇군요. 독으로 독을 제압하는 건가요."

"란란?"

돈이니, 나쁜 벌레니 같은 소리만 되게 늘어놓네. 말이 너무 거친 것 아닌가요? 란란 양?

"의도는 알겠지만…… 하나만 물어봐도 될까요?"

"응? 뭔데?"

"아소 선배는, 호시베 선배를 신용하지 않는 건가요?"

"여친의 속박에 질려버린 남자 같은 소리 하지 말아줄래?!"

나는 책상에 넙죽 엎드리며, 볼을 한껏 부풀렸다.

"……어쩔 수 없잖아. 불안하단 말이야. 지금보다 선배가 더 먼 곳에 가버릴 것 같은 느낌이 들어……."

"멋대로 불안에 사로잡혀 귀찮게 구는 여친을 둔 호시베 선배도, 참 고생이 많네요."

"따끔따끔! 란란, 아까부터 네가 하는 말 한 마디 한 마디가 너무 따끔따끔하거든?!"

물리적으로 공격을 했다간 공격한 쪽이 대미지를 받는 타입의 적 같네!

"멋진 활약을 기대할게요."

담담한 어조로 그렇게 말한 란란은 가방에서 교과서와 공책을 꺼냈다. 책상 위에 그것들을 펼쳐놓더니, 공부를 시작했다.

고개를 든 나는 그 낯익은 풍경을 바라보며 말했다.

"란란은 초콜릿을 줄 사람 없어?"

"있을 것 같아요?"

"좋아하는 사람은 없더라도, 같은 반 남자애한테 준다거나 말이야~."

"그런 식으로 아무한테나 꼬리를 쳐대니까, 여자들의 반감을 사는 것 아닐까요?"

"푸욱푸욱! 이제 아예 푸욱푸욱 찔러대고 있단 말이야, 란란!"

란란은 조용히 펜을 놀리면서 말했다.

"저와는, 상관없는 일이에요."

이리도 유메 ◆ 혼자만 남친이 있으면 이렇게 된다

"잘 들어, 히가시라 양.『수제 초콜릿이라고 해봤자 녹였다가 다시 굳힐 뿐이잖아. 그게 무슨 수제인데?』라고 세상 남자들은 말하지만— 그『녹였다가 다시 굳힐 뿐』이라는 것에는 세상 여자들의 피와 눈물이 담겨 있어."

"이물질이 섞이는 건 좀 문제라고 생각하는데요."

"이물질이 아냐! 초콜릿에 있어선 말이지!"

아카츠키 양의 집 부엌에 모인 우리는 만반의 준비를 했다.

재료를 깔아놓고 앞치마를 걸친 우리는 어디 내놔도 부끄럽지 않을 가정적인 여자애다. ······아카츠키 양은 모르겠지만, 나와 히가시라 양은 짐 덩어리 같은 느낌이 조금 감돌지만 말이다.

하지만 나도 1년 전에 비해 요리라는 작업에 꽤 익숙해졌다. 스마트폰으로 간단한 레시피를 검색해서 요리를 만들수 있게 된 것이다. 얼마 전에는 오므라이스에도 도전하기도 했다(성공 여부는 함구하겠다)!

아카츠키 양의 지시에 따라, 우리는 움직였다.

히가시라 양은 요리와 완전히 담을 쌓은 건지, 「자신 있는 요리는 뭐야?」 하고 물어보니 「인스턴트 라면이에요」 하고 대답했다. 진짜로 그게 자신 있는 요리라면, 그냥 취직이나 하는 편이 나을 것이다.

그런고로, 히가시라 양이 식칼을 쥐지 못하도록 하기 위해, 초콜릿을 잘게 다지는 작업은 나와 아카츠키 양이 담당했다. 그림쟁이가 손을 다치면 안 될 테니 말이다.

처음에는 정신이 없었지만, 작업에 좀 익숙해지니 여유가 생겼다.

아카츠키 양은 중탕에 쓸 물의 온도에 주의를 기울이면서 물었다.

"유메는~, 어떤 느낌이야?"

너무 애매모호한 질문이었기에, 나는 고개를 갸웃거렸다.

"어떤 느낌? 뭐가?"

"이리도와 말이야! 초콜릿을 만들 정도면, 잘 풀리고 있겠지만 말이야. 평소에는 이런 걸 물어볼 수 없잖아?"

나와 미즈토가 사귄다는 건, 학교 안에서는 비밀로 하고 있다.

그 사실을 아는 건 히가시라 양, 얼마 전에 들통난 아카츠키 양과 카와나미, 그리고 쿠레나이 회장뿐이다. 어쩌면 하바 선배도 알고 있을지도 모르지만……. 아소 선배는 나한테 남친이 생겼다는 건 알지만, 상대가 누구인지는 모른다.

"저도 궁금해요!"

히가시라 양도 눈을 반짝이며 말했다.

"벌써 한 달 됐죠? 게다가 한 지붕 아래에서 같이 살고 있으니……. 이쯤 되면……."

"그렇지? 히가시라 양?"

"그렇죠? 미나미 양?"

두 사람은 서로의 얼굴을 쳐다보며, 능글맞은 웃음을 흘렸다. 무슨 생각을 하는지 얼추 짐작이 됐다. 나도 반대 입장이었다면 그런 생각을 했을 것이다. 본인에게 직접 물어볼지는 모르겠지만 말이다.

나는 작업을 이어가면서 말했다.

"했을 리가 없잖아. 한 지붕 아래에서 살고 있지만, 부모님과 한집에 살고 있거든?"

"뭐~? 하지만, 몰래…… 할 수 있는 것도 있지 않아?"

"오히려 욕구가 팍팍 쌓일 것 같네요!"

심술궂은 표정을 짓고 있는 아카츠키 양과, 콧김을 씩씩 뿜고 있는 히가시라 양의 이마를 손가락으로 살짝 두드렸다.

물론 때로는 부모님의 눈을 피해서 연인다운 일을 할 때도 있다. 하지만 언제 들킬지 모르는 상황이라 몰입할 수가 없는 데다…… 밖에서 만나기도 하지만, 공공장소에서 그런 짓을 할 수는…….

"유메도, 이리도도, 참 건전하네."

"미즈토 씨는 이성의 화신이니까요. 안 된다고 여기는 짓은 절대로 안 해요."

히가시라 양이 커다란 가슴을 쑥 내밀며 그렇게 말하자, 설득력이 있었다.

"그걸로 됐어. 미즈토가 나를 생각해주고 있다는 증거인걸."

"말은 그래도, 때로는 남자 쪽에서 적극적으로 행동해줬으면 할 때가 있지 않아? 여자라면 말이야!"

"그리고 평소에 참는 만큼, 해방됐을 때는 엄청나지 않으려나요? 미즈토 씨는 그런 타입이라고 생각해요!"

"그거 좋네! 평소의 쿨함이 전부 연기였던 것처럼 느껴질 만큼, 필사적으로 매달리는 거야!"

"헤헤, 헤헤헤. 괜찮네요. 에로 큐트해요."

"남의 남친을 음담패설의 소재로 삼지 말아줄래?!"

그 미즈토가 필사적으로…… 우와아, 우와아아아!

빨개진 얼굴을 식히고 있을 때, 인상을 쓴 히가시라 양이
「으음」하고 신음을 흘리며 나를— 정확히는 내 몸을 쳐다
봤다.

"유메 양. 밸런타인데이니까 그거 해봐요, 그거."

"아~, 그거 말이구나!"

아카츠키 양은 알겠다는 듯이 손뼉을 쳤지만, 나는 전혀
감이 오지 않았다.

"그거라니?"

"그러니까, 리본을 몸에 두르고~."

"초콜릿을 몸에 묻힌 다음~."

히가시라 양과 아카츠키 양은 손을 맞잡더니, 야릇한 표
정으로 나를 쳐다보며 말했다.

""먹. 어. 줄. 래?""

"안 할 거야……."

"귀여운데 왜 안 하는데~."

"에로틱하잖아요~."

"대체 너희는 왜 하는 생각이 사춘기 남자 같은 건데?"

쿠레나이 스즈리 ◆ 남은 계책은?

시제품 삼아 만든 초콜릿을 맛본 후, 나는 고개를 끄덕였다.

"이 정도면 될까."

죠의 취향은 작년에 조사해뒀다. 작년과 똑같으면 의리 초콜릿 느낌이 날 것 같아서 약간 어레인지를 하기는 했지만, 그의 취향에서 완전히 벗어나지는 않을 것이다.

실패할 리가 없다. 죠도 거부감 없이 받아줄 것이다. 당연한 듯이, 담담히……

……정말, 이것만으로 괜찮을까?

참고 문헌에서 본, 리본을 몸에 두르고— 아니, 무시당했을 때 내가 받을 대미지가 어마어마할 것이다.

그렇다면, 하트 모양 초콜릿을 가슴 사이에 끼우는— 내 사이즈로는 무리다.

빛으로 가득 찬 주방에서 어둠에 휩싸인 거실을 쳐다보며, 나는 한숨을 내쉬었다.

그런 식으로 남자의 욕정에 호소하는 방식을, 이제까지 몇 번이나 썼다. 속옷 차림으로 덮친 적도 있고, 안겨들며 귀에 숨결을 토한 적도 있으며, 은근슬쩍 가슴을 맞댄 적도 있다.

이제 와서 그런 식으로 대시한다고 해서, 죠가 반응을 보이는 이미지가 전혀 떠오르지 않았다.

대체 어떻게 하면 좋을까……. 좋은 생각이 나지 않는 건, 내가 어린애라서일까? 경험 많은 어른이라면, 속물적인 방식에 기대지 않고도 스마트하게 죠의 관심을 끌 수 있을까…….

나는, 이제…… 아무 아이디어도 떠오르지 않았다.

남은 방법은, 결국―.

이리도 미즈토 ◆ 세 번째 밸런타인데이

"자, 남자들! 한 사람당 하나야~!"

유메의 친구(사카미즈였던가?)가 비둘기에게 먹이를 주듯 10엔 초콜릿을 나눠줬다. 남자들은 불만을 토하거나, 고마워하거나, 허세를 부리면서도, 먹이에 몰려드는 비둘기처럼 초콜릿을 받았다.

교실 안만이 아니라 복도에서도, 친구 초콜릿을 주고받는 여자애들을 볼 수 있었다. 친구 초콜릿이라는 문화가 생긴 것은 대체 언제일까. 연애에 얽매이지 않은 이들에게도 초콜릿을 팔 수 있게 됐으니, 제과 회사도 참 기쁠 것이다.

2월 14일.

밸런타인데이라고 하는, 경축일도 뭐도 아닌 어딘가의 뭔가의 기념일을 나는 중학교 1학년 때까지 눈곱만큼도 의식하지 않았다.

변한 것은 재작년, 여친이 생긴 상태에서 이날을 맞이했을 때였다. 지금도 똑똑히 기억한다. 이른 아침에 통학로에서 얼굴을 마주하자마자 유메가 준 초콜릿을, 온종일 가방 안에 넣어둔 채 보냈던 중학생 때의 교실을 말이다.

초콜릿을 못 받았다며 한탄하는 친구들을 보며 우월감을 느끼고, 그런 자기 자신에게 약간 놀랐으며, 집에 돌아가서 아버지에게 들키지 않도록 몰래 그것을 먹은 후, 빈 상자를 어떻게 처리할지 고심했다.

그로부터 1년 후— 허무로 가득 찬 하루가 나에게 완전한 파국을 알려줬고, 그로부터 또 1년 후— 오늘, 이날을 맞이했다.

어찌 된 건지, 나는 2년 전과 같은 여자와 사귀고 있다.

작년의 나에게 이걸 가르쳐준다면, 대체 어떤 표정을 지을까. 울면서 기뻐할까. 불쌍하다는 듯이 비웃을까. 하지만 이 1년을 아는 나에게 있어서는, 맞이하는 게 당연한 미래라는 느낌마저 들었다.

우연이 아니라, 확고한 의지를 가지고 결단을 내렸다. —그런 자부심이 있어서일지도 모른다.

……뭐, 초콜릿은 아직 못 받았지만 말이다.

2년 전에는 등교 전에 받았지만, 부모님 앞에서 진심 초콜릿을 줄 수는 없을 것이다. 게다가 오늘은 학생회 일이 있는지 유메는 나보다 일찍 집을 나섰다.

유메의 성격을 생각하면 안 주지는 않을 것이다. 점심시간? 아니면 방과 후일까? 초콜릿을 받을 생각을 하며 하루를 보내려니, 마음이 영 싱숭생숭했다. 하지만 이 정도로 들떠선 너무 한심하다. 언제 유메가 말을 걸어와도 차분하게 반응할 수 있도록, 마음을 단단히 먹어야 한다.

그리고, 방과 후가 됐다.

결국 유메는 나에게 말을 걸지 않았다. ─집에 돌아간 후, 부모님이 돌아오기 전에 몰래 주려는 것일까.

그런 생각을 하면서 하교할 준비를 하고 있을 때, 스마트폰에 메시지가 왔다.

〈도서실의, 예의 장소로 와주세요〉

이사나에게서 연락이 왔다. 갑자기 무슨 일일까. ─처음 만났을 무렵, 함께 갔던 도서실 구석에는 요즘 들어 찾아오지 않았으면서 말이다.

일단 가보도록 할까. 어차피 유메는 학생회 일을 하러 가야 하기에 같이 하교하기는 어렵다.

나는 가방을 들고 교실을 나선 후, 도서실로 향했다.

학년말 고사가 한 달 앞으로 다가왔지만, 자습하는 학생은 보통 자습실에서 하는지라 도서실은 아직 한산했다. 열람 공간에서 하드커버 서적을 읽는 학생의 등 뒤를 지나쳐 창가로 향했다.

이사나는 창가의 공조 설비에 엉덩이를 살짝 걸친 채 기다리고 있었다.

겨울은 해가 짧다. 창밖은 이미 석양에 물들어 있었으며, 이사나의 모습 또한 타오르는 붉은 색과 차가운 그림자 같은 검은색으로 나뉘어 있었다.

"여기서 만나는 것도 참 오랜만이네."

이사나는 「그러네요」 하고 답한 후, 공조 설비에서 엉덩이를 뗐다.

바로 그때, 나는 눈치챘다. 스웨터 소매에 감싸인 손에, 핑크색 리본이 달린 상자가 쥐어져 있다는 것을 말이다.

"미즈토 씨."

붉은 노을이, 이사나의 붉은 따뜻하게 비췄다.

"이걸…… 받아, 주세요."

약간 부끄러운 듯이, 어딘가 멋쩍은 듯이 내민 초콜릿 상자를 본 나는 그때를 떠올릴 수밖에 없었다.

이사나에게 고백을 받았던, 그때를—.

"뭐 하는 거예요, 미즈토 씨. 빨리 찍어주세요."

고백 특유의 엄숙한 분위기가 갑자기 흩어지더니, 이사나가 눈을 부라렸다.

나는 머릿속이 새하얗게 된 채 말했다.

"뭐? ……찍어?"

"자료예요, 자료! 내년 밸런타인데이에 쓸 거라고요!"

아, 아하……. 뭐야. 그런 건가…….

분위기적으로, 그때 이후로 한 달밖에 안 지났으니 혹

시…… 하고 생각했다.

"어머나?"

……아차.

안도의 표정을 짓고 만 것이리라. 이사나는 갑자기 심술궂은 미소를 머금으며 내 얼굴을 들여다봤다.

"이 정도로 가슴이 뛰면 곤란한데 말이죠. 유메 양에게 확 보고해버릴 거예요."

"그러지 마……. 아까 같은 분위기라면, 누구나 조금은 그런 쪽으로 생각할 거라고."

"애초에 말이죠. 지난달에 여친이 생긴 사람한테 고백을 할 리가 없잖아요. 제가 그렇게 뻔뻔한 여자 같아요?"

"네 생각은 읽을 수가 없거든. 한 달 만에 생각이 확 바뀌었을지도 모르잖아."

"제가 무슨 이중잣대 막장녀란 거예요?"

"그렇게까지는 말 안 했어."

하아, 하고 이사나는 한숨을 토했다.

"그럼 다시 할게요. 이번에는 제대로 찍어주세요!"

"그래그래."

아까와 같은 일을 다시 한번 했고, 나는 사진을 찍었다. 포즈와 구도를 바꾸며 여러 패턴을 찍은 후에야, 이사나는 초콜릿을 건네줬다.

"고마워. 화이트데이에 뭐가 받고 싶어?"

"글쎄요. 그럼 누드 모—"

"편의점 쿠키면 되는구나."

"……뭐, 그거라도 기쁘긴 할 거예요~."

이사나는 불만을 드러내듯 입술을 삐죽 내밀었다. 진심인지 아닌지 알 수가 없었다. 확실히 미소녀만 그리다간 한계가 올 테니, 슬슬 남자를 그리는 법을 익혀줬으면 싶다. 아예 화이트데이에—.

"맞아."

나는 옆에 있는 라이트노벨 책장에 다가가서, 한 권을 골라서 뽑았다.

"이참에 다음 달의 화이트데이 일러스트에 관해 논의한 후에 돌아갈까."

"바로 그거예요! 저, 실은 야한 그림 말고는 머릿속에 안 떠오른다니까요……."

호시베 토도 ◆ 성가신 여친을 기쁘게 해주는 법

슈욱— 하며, 공이 자연스럽게 그물을 흔들었다.

골대 아래에서 공이 크게 튕기는 모습을 나는 숨을 고르며 응시했다.

조금은…… 감이 돌아왔을까.

코트에 굴러다니는 공을 향해 걸어가서, 그것을 주워들었다.

2월의 실외 농구 코트에는 차가운 바람이 불고 있어서 나 말고는 아무도 없다. 하지만 둔해진 몸을 다시 단련하기에는 딱 좋았다. 달아오른 몸속과 차가운 바람을 맞고 있는 피부 사이의 갭이 감각을 예민하게 만들어주는 느낌이 들었다.

하지만, 손가락 끝의 감각이 둔해지기 시작했는걸— 두세 번만 더한 후에 그만할까.

"어이쿠—."

골대와 거리를 벌리면서 손목시계를 보니, 생각했던 것보다 시간이 많이 흘렀다. 시선을 들어보니, 해가 지려고 하면서 동쪽 하늘이 검은색으로 물들고 있었다.

큰일 났다. 이러다 늦겠다.

나는 코트 옆에 둔 가방에서 수건을 꺼낸 후, 식은땀을 서둘러 닦았다. 서두르면 늦지 않을까. 하지만, 그 전에…….

나는 내 옷차림을 살폈다.

땀에 젖을 대로 젖은 운동복 차림이었다.

"……이대로는 안 되겠지."

내가 생각해도 꽤 성장했는걸. 이런 판단을 내릴 수 있게 됐으니 말이야.

준비는 해뒀다. 나는 가방을 들고 공중화장실로 뛰어간 후, 와이셔츠와 치노 바지로 갈아입었다. 그리고 조끼와 코트를 걸친 후, 화장실을 나와서 자전거에 올라탔다.

약속 장소는 조금 멀지만, 자전거를 타면 금방이다. 교토는 자전거로 이동하는 게 가장 빠르다.

그래도, 약속 시간보다 조금 늦고 말았다.

"늦었잖아요~!"

교복 위에 코트를 걸친 아이사가, 볼을 부풀리고 있었다.

"이렇게 사람이 많은 곳에서 귀여운 여친을 기다리게 만들면 어떻게 해요! 헌팅당할 뻔했다고요!"

"당했어?"

"당할 뻔만 했거든요?!"

아무래도 아이사의 상상 같았다. 뭐, 실제로 헌팅하는 사람을 본 적은 거의 없긴 하다.

아이사는 내가 손으로 미는 자전거를 보더니, 어처구니없다는 표정을 지었다.

"선배…… 자전거를 밀면서 여친을 만나러 오는 건 좀 그렇지 않아요?"

"미안해. 자전거 정거장에 세워두고 올 시간이 없었어."

"어쩔 수 없네요. 저와 보내는 시간을 우선해준 걸로 여기고 용서해줄게요."

"긍정적이라서 좋네."

이곳은 두 개의 아케이드 거리 사이에 있는 조그마한 광장으로, 아이사 말고도 누군가를 기다리는 사람이 몇 명 있었다. 길 한복판에 멀뚱멀뚱 서서 이야기를 나누면 방해가 될 테니, 우리는 밸런타인데이 분위기인 상점가를 걷기 시작했다.

"선배."

아이사가 내 옆에서 걸으면서 살짝 허리를 굽히더니, 빙긋 웃었다.

"오늘 코디, 느낌이 괜찮네요. 차분한 게 어른스러운 느낌이에요."

"네가 좋아할 것 같았거든."

"오오! 뭘 좀 아네요~."

알게 됐다고. 누구누구 씨의 철저한 지도 덕분에 말이지.

"……하지만……."

아이사는 장난치듯 어깨를 맞대면서 말했다.

"저만 교복을 입고 있으니…… 왠지 나쁜 짓을 하는 느낌이 들지 않아요?"

"……그럼 돌아갈까. 2월에 추천 입학을 취소당하고 싶진 않거든."

"우왓~, 잠깐만요! ……정말, 여전히 심술궂다니까요."

나는 입술을 삐죽 내민 아이사의 어깨를 가볍게 두드려주며 달랬다. 농담이라도 그런 소리 말라고. 나는 한 달하고 보름 후면 대학생이 되고, 너는 1년 더 여고생일 거잖아.

몸을 맞댄 바로 그때, 아이사가 슬며시 포장된 꾸러미를 내밀었다.

"자, 선배. 받아요."

"응."

평범하게 내민 그것을, 나 또한 평범하게 받았다.

이 애에게 초콜릿을 받는 건 작년에 이어 두 번째지만, 겨우 두 번째라는 게 믿기지 않을 만큼 우리의 행동은 자연스러웠다.

아이사는 나를 올려다보며 내 표정을 살피더니, 머뭇머뭇 입을 열었다.

"선배는……"

"응?"

"선배는…… 다른 사람에게, 초콜릿, 받았어요?"

"뭐?"

아이사의 얼굴에 떠오른 불안 섞인 표정을 본 나는 가볍게 코웃음을 쳤다.

"그럴 리가 없잖아. 자유 등교 기간이거든? 오늘 만난 사람이라고는 너뿐이라고."

"그런가요……"

아직 불안한 표정을 짓고 있는 아이사에게 물어봤다.

"왜 그래? 대체 뭘 걱정하는 건데?"

"그야 선배는 인기가 많잖아요. 대학에 가면 초콜릿을 잔뜩 받을 테니까……"

아이사는 토라진 것처럼 볼을 부풀렸다. 1년 후의 일을 벌써부터 질투하는 건가. 귀엽다 못해 성가신 애다.

나는 한숨을 참으면서, 몇몇 대사를 검토했다.

그래……. 뭐, 이렇게 말하면 되려나.

"……만약 밸런타인데이가 대학교에 가는 날이라면, 낮에 몇 개 받을지도 몰라."

"아, 그런가요. 인기남은 다르네요!"

"즉, 너한테 받는 게 마지막 하나인 거야."

어, 하며 입을 벌린 아이사를 향해 나는 웃어 보이며 말했다.

"그 초콜릿들을 내 기억에서 지워봐. 그게 네 특기잖아?"

효과는 끝내줬다.

표정이 환해진 아이사가 힘차게 내 어깨를 끌어안았다.

"네! 그럼 내년에 대비해, 지금부터 데이트—."

"귀가하라고, 바보야. 한밤중에 교복 차림 여고생을 데리고 어떻게 돌아다녀."

"너무해요!"

카와나미 코구레 ◆ 선택식 밸런타인데이

집에 돌아와보니, 소꿉친구가 교복 앞치마 차림으로 초콜릿을 만들고 있었다.

"아, 어서 와~."

보울 안의 녹인 초콜릿을 천천히 저으면서, 미나미는 나를 돌아봤다. 포니테일 끄트머리와 앞치마 끝자락과 플리츠스 커트 자락이 함께 흔들렸다.

나는 가방을 거실 소파에 던져두며 물었다.

"너, 뭐 하는 거야?"

"초콜릿 만들어. 밸런타인데이잖아."

"그런 건 보통 전날에 만들지 않아~? 이미 방과 후거든?"

"괜찮아. 이건 너한테 줄 초콜릿이거든."

그렇게 말한 미나미는 보울 안의 초콜릿을 손가락으로 훔 쳐서 입에 넣었다.

그런 소리를 거리낌 없이 하네……. 뭐, 이 시간에 초콜릿 을 만들어서 건네줄 수 있는 사람은 나뿐이겠지만 말이야.

"아니~, 실은 유메, 히가시라 양과 함께 초콜릿을 만들었 는데 말이야~. 실수로 너한테 줄 몫을 먹어버렸어!"

"새로 만들더라도, 너네 집에서 만들면 될 거 아냐~."

"애초에 오늘은 너희 집에서 밥 먹을 예정이었으니까, 여 기서 만드는 편이 뒷정리도 편할 거 아냐."

나는 거실 소파에 앉은 후, 부엌에 서 있는 미나미의 뒷모 습을 응시했다.

수제 초콜릿이라고 해봤자, 시판되는 초콜릿을 식혀서 굳 힌 거잖아―라고 남자들은 흔히 말하지만, 초콜릿을 녹여 서 굳히는 데는 웬만한 요리보다 더 많은 수고를 들여야 한 다. 그런데도 시판 초콜릿을 주고 넘어가지 않는다는 건, 그

수고에 뭔가를 담기 위해서이며……

3D 멀미가 난 것처럼 구역질이 치밀어오르자, 나는 천장을 올려다보며 그것을 참았다.

젠장, 나는 자의식 과잉이라니깐. 막 중학생이 되었던 시절의, 아무것도 모르던 꼬맹이 때가 그리워.

"영차~."

그러는 사이, 미나미가 앞치마 차림으로 내 옆에 앉았다.

나는 천장에서 옆쪽으로 시선을 돌리며 물었다.

"다 됐어?"

"이제 굳을 때까지 기다리기만 하면 돼~."

솜씨가 좋은걸……. 그러고 보니 이 애한테 수제 초콜릿을 받게 된 것도 꽤 오래됐네…….

미나미는 소파의 좌석 부분을 손으로 짚으면서 내 얼굴을 들여다봤다.

"한가하니까, 게임이라도 할래?"

"으음…… 뭐, 좋아~."

"아니면 꽁냥거릴까?"

"으극."

겨우 가라앉으려 하던 구역질이 순식간에 부활하자, 미나미는 심술궂은 미소를 머금었다.

나는 땅이 꺼지도록 한숨을 내쉬면서 마음을 진정시켰다.

"……인마. 그런 짓 좀 관두라고……."

"때로는 노출 치료도 시험해봐야 하지 않겠어?"

"아니, 그게 아니라…… 이 몸 상태로는 초콜릿을 못 먹는다고."

그 순간, 미나미는 눈을 동그랗게 떴다.

이어서 눈을 가늘게 뜨더니, 뭔가를 살피는 듯한 눈길로 나를 쳐다봤다.

"흐음…… 오호라……?"

"뭐야."

"의외로 소중히 여겨주는 것 같다~, 싶어서 말이야."

"이 정도는 보통 아냐? 저렇게 수고를 들여서 만든 거잖아."

"너의 그런 면~, 좋아해~."

"크억?! 아니, 그러니까……!"

이 녀석 곁에 더 있었다간 진짜로 토할 것 같다!

소파에서 일어난 나는 내 방으로 도망치려 했지만…….

"앗, 야! 도망치지 마!"

그 직전에, 미나미가 내 팔을 확 잡아당겼다.

"앗, 어……?!"

그 바람에 중심을 잃고 쓰러졌다.

나는 몸을 비틀어서 손으로 지탱하려 했지만, 그런 내 눈앞에 미나미의 조그마한 몸이 있었다.

"히익—."

미나미의 앳된 얼굴이, 코앞에 있었다.

그렇게 생각한 순간, 나는 소파의 좌석 부분을 두 손으로 짚었다.

밝은색 포니테일이, 내 손목에 휘감겼다.

내 그림자가 드리워진 미나미는, 한동안 나를 지그시 응시했다.

그리고 열은 입술이, 요염한 포물선을 그렸다.

"초콜릿보다 먼저, 맛볼래?"

숨이 막혔다.

"괜찮거든? ……몸부터, 다시 떠올려볼래?"

가녀린 손가락이, 목덜미의 리본을 스르륵 풀었다. 첫 번째 단추를 푼 블라우스의 앞섶에서, 새하얀 목덜미가 보였다. 쇄골과 쇄골 사이의 살짝 파인 부분에 조그마한 그림자가 존재했으며, 어찌 된 건지 나는 그 부분에서 눈을 뗄 수 없었다.

입 밖으로 토하지 못한 숨이, 목을 타고 몸 안으로 들어가면서 꿀꺽하는 소리가 났다.

바로 그때였다.

"아하하!"

미나미가 갑자기 웃음을 터뜨리더니, 내 몸 아래편에서 자기 배를 감싸 안았다.

"농담이야! 너, 표정 되게 진심이네!"

"뭐, 머……!"

깔깔 웃는 여자애를 보자, 내 볼에 경련이 일어났다. 이 여자가……!

미나미는 갓난아기처럼 몸을 동그랗게 말더니, 웃음을 흘리며 말했다.

"욕구불만인 거 아냐? 셀카라도 보내줄까?"

"……유아 체형 주제에 무슨 소리를 하는 거야?"

"그렇게 코를 벌렁거려놓고 그딴 소리 해봤자 설득력 없거든? 이 로리콤아."

"으그극……."

말을 이을 수가 없었다. 이번에는 반론의 여지가 없다.

"후훗. 오늘은 이쯤 해둘까!"

소파에서 슬며시 빠져나간 미나미는 부엌을 향해 쪼르르 뛰어갔다. 그리고 냉장고를 열더니, 안에서 꺼낸 것을 은색 쟁반에 얹어서 가져왔다.

"자, 오래 기다리셨습니다~. 의리 초콜릿 나왔습니다~."

테이블 위에 놓인 푸딩 스타일의 한입 크기 초콜릿을 내려다보며, 나는 의아하게 생각했다.

"너무 빨리 굳은 거 아냐?"

"그러니까, 이건 의리라고 말했잖아?"

앞치마를 벗어서 소파 등받이에 걸쳐둔 미나미는 갑자기 내 귓가로 입을 가져갔다.

"(진심은 부엌에 뒀으니까, 굳으면 먹어~.)"

허둥지둥 귀를 감싸 쥐며 거리를 벌리자, 미나미는 기분 좋은 듯이 히죽거렸다.

"의리 초콜릿이 좋아? 진심 초콜릿이 좋아? 아니면~♪"

살짝 풀어헤친 블라우스의 목덜미 부분에, 미나미는 자기 손가락을 걸었다.

그 짓거리에 또 당할까 보냐.

나는 쟁반에 놓인 초콜릿 한 개를 움켜쥔 후, 힘차게 선언했다.

"의리!"

하바 죠지 ◆ 평범한 여자애

어느새, 학생회실에는 나와 쿠레나이 씨만 남겨졌다.

아소 씨는 호시베 선배와 약속이 있다면서 일찌감치 돌아갔다. 이리도 양은 자기 할 일을 일찌감치 마치고 하교했으며, 늦은 시간까지 남아 있던 아스하인 양도 남은 일은 우리가 하겠다고 쿠레나이 씨가 말하자 5분 전쯤에 돌아갔다.

최종 하교 시각이, 코앞까지 다가와 있었다.

2월이 되자, 이 시간대의 밖은 어두컴컴했다. 유리창은 먹물을 칠한 것처럼 검은색으로 물들었으며, 인공적인 불빛에 비친 학생회실만이 밝게 빛나고 있었다.

낮에는 그렇게 시끌벅적하던 학교에 정적이 감돌자, 왠지

고립된 듯한 기분이 들었다. 게다가 그 공간에 쿠레나이 씨와 함께 있다니, 마치 미리 짜기라도 한 것 같았다.

그렇다. —미리 짜기라도 한 것 같았다.

나는, 자기가 눈치 없는 인간이라고 생각하지 않는다. 오히려 지나칠 정도로 눈치가 좋기에, 이런 성가신 상황에 부닥쳤다고 할 수 있다.

『최종 하교 시각이 됐습니다. 교내에 남아 있는 학생은—.』

방송부의 안내 방송이 들려왔지만, 쿠레나이 씨는 일찌감치 챙겨둔 가방을 손에 쥐지 않았다.

당연했다. —나는 아직 받지 못했다.

쿠레나이 씨는 자기가 한 선언을 어길 사람이 아니다.

"죠."

방송이 끝나면서 다시 정적이 돌아오자, 쿠레나이 씨는 멍하니 서 있는 나에게 조용히 다가왔다.

나는 무심코 긴장했다.

자, 어떻게 나올까.

일전에 쿠레나이 씨는 그렇게 도전적으로 선언했었다. 그러니 무슨 짓을 하더라도 놀라지 않을 것이다. 확 옷을 벗어던지며 『나 자신이 초콜릿이다』 같은 말을 하더라도, 평소와 다름없는 쿠레나이 씨라고 여기며 넘어갈 게 틀림없다.

그러니 분명, 나는 상상도 못할 방식으로 초콜릿을 건네줄 게—.

"자."

스윽, 하고…….

아무런 연출도 별다른 대사도 없이, 자신을 향해 그녀가 내민 하트 모양 상자를 본 나는 오히려 당혹스러웠다.

"어……?"

"왜 놀라는 거지? 초콜릿이다. 주겠다고 말했을 텐데?"

나는 당혹스러워하며, 빨간색으로 래핑이 된 초콜릿을 받았다.

"가, 감사합니다…….."

너무 뜻밖이었다. 어쩌면 일전의 일로 반성해서 드디어 안이한 미인계를 관둔 것일지도 모른다. 그렇다면 기쁜 일이지만, 『마음을 다잡고, 다시 너에게 구애하겠어』란 선언은 어떻게 된 것일까? 혹시 이 상자에 장치를…….

그렇다면, 여기서 여는 건 좋지 않을까.

"그럼…… 이제 그만 돌아갈까요. 곧 교문이 닫힐 테니까요……."

나는 초콜릿을 가방 안에 넣은 후, 문 쪽으로 돌아섰다.

예상과는 다르지만, 평소처럼 노골적으로 구애하는 것보다는 훨씬 낫다. 이렇게 건전하게 밸런타인데이를 즐겨준다면, 나도 딱히 불평할 생각은 없다.

쿠레나이 씨도, 어른이 된 것이다. ……딱히, 낙담할 일은 아니다.

"─기다려."

문손잡이를 쥐려던 순간, 팔을 잡혔다.

내 팔을 잡은 손에 ─ 쿠레나이 씨의 손에 ─ 긴장한 것처럼 힘이 들어가 있자, 나는 어째선지 충격에 사로잡혔다.

천천히 ─ 혹은, 머뭇머뭇 ─ 뒤돌아보았다.

그러자, 긴장한 탓에 어깨를 떨고 있는 한 여자애가 눈에 들어왔다.

천재라는 말과는 거리가 먼 ─ 완벽하다는 말과는 거리가 먼 ─ 평범한 여자애가 눈에 들어왔다.

"하하, 미안해⋯⋯. 새삼스럽지만─ 이제 와서, 왜 이렇게 불안한 건지 모르겠는걸."

나는 안다.

쓸데없이 좋은 눈치가, 이 광경과 공통점을 지닌 기억을 제시해줬다.

고베 여행에서의─ 아소 씨.

호시베 선배에게 소중한 무언가를 전하려 하던, 그 모습과─ 지금의 쿠레나이 씨는, 흡사했다.

"밸런타인데이는, 원래 이러는 날이지. 그러니 벼락치기로 짠 잔재주나, 꼴사나운 책략은 관두기로 했다."

힘이 들어간 손은, 나를 잡기 위해서가 아니라 자기 자신을 잡기 위한 것처럼 느껴졌다.

한 번, 심호흡을 한 후⋯⋯.

쿠레나이 씨는, 결연함으로 빛나는 눈동자로, 나를 응시했다.

"좋아합니다. 저와 사귀어 주세요."

정말.

그 어떤 잔재주도 ─ 그 어떤 책략도 ─ 그 어떤 수식어도 없었다.

심플하디 심플한, 사랑 고백이었다.

쿠레나이 씨에게 그런 마음이 있다는 것 정도는, 예전부터 알고 있었다.

안 그러면 아무도 없는 교실에 나를 데려가지 않을 것이고, 속옷 차림으로 나를 덮치지도 않을 것이며, 바니걸 복장으로 밀회를 갖지도 않으리라. ─그런 감정도 없는 상대에게 그런 짓을 할 사람이 아니라는 건 누구보다도 내가 잘 알고 있다.

하지만, 이제까지는 그것을 진심으로 믿지는 못했다.

그저, 신기하게 여겨지고 있을 뿐─.

그저, 장난감 취급을 당하고 있을 뿐─.

그럴 사람이 아니라는 것을 알면서도, 어째선지 그런 감각을 떨쳐내지 못했다.

왜냐하면, 쿠레나이 씨처럼 대단한 사람의 생각을 나 따위가 이해할 수 있을 리가 없다.

하지만.

하지만, 이 고백은— 누구에게 있어서도 명백했고…….

초등학교 교과서보다 알기 쉬웠다.

그래서, 나는, 드디어, 처음으로, 이해했다.

쿠레나이 스즈리가 진심이라는 것을.

눈앞의 여자애가— 진짜로, 진심으로, 나 같은 녀석을 좋아한다는 것을.

"……."

마음이, 흐트러졌다.

욕정이 아니다. 그런 알기 쉬운 것이 아니다.

심장이 아무리 뛰어도 흐트러지지 않았던, 혼 깊숙한 곳에서 조용히 일렁이고 있는 나를 나로 만드는 무언가가, 폭풍우가 휘몰아치는 바다처럼 격렬하게 흐트러졌다.

그것에는 형태 따위는 없고, 룰 따위도 없으며, 이름 따위도 없다.

눈치가 좋기는 무슨.

나는 아무것도 몰랐을 뿐이다. 뭔가에 익숙해지기 시작한 인간이 자기가 천재란 착각에 빠지듯, 아무것도 모르기에 전부 알고 있다는 기분에 사로잡혔을 뿐이다.

타인의 일이라면 그렇게 간단히 눈치채면서…….

자기 일은 전혀, 눈곱만큼도 눈치채지 못했다.

"―아직 한 달 남았다."

머릿속이 새하얘진 채 아무 말도 못 하는 나에게, 쿠레나이 씨는 말했다.

"화이트데이까지, 천천히 대답을 생각해보면 돼. 단―."

분명, 가능하면 누구에게도 보여주고 싶지 않을, 새빨개진 얼굴로……

쿠레나이 씨는, 내 눈길에서 도망치지 않겠다는 듯이 똑바로 응시하며 고했다.

"―나는, 용기를 냈다. 그것만은 알아줘."

그리고 내 팔을 놓더니, 가방을 어깨에 걸치며 빠른 발걸음으로 학생회실을 나섰다.

나는 새하얀 전등 불빛에 비친 방에 남겨진 채, 미아가 된 어린애처럼 멍하니 서 있었다.

나는― 존재감이 없는 인간이다.

주역이 될 수 있는 사람들의, 배경이 되고 싶을 뿐이다.

쿠레나이 씨처럼 주역 중의 주역인 사람의 옆에 서도 되는 사람이 아니다.

―좋아합니다. 저와 사귀어 주세요.

하지만…… 아까 전의, 쿠레나이 씨는…….

"……"

앞으로 한 달.

앞으로 겨우, 한 달.

이리도 미즈토 ◆ 진심

"자, 받아. 미즈토."

저녁 식사를 마친 후, 그것을 넘겨받았다.

투명한 비닐봉투 안에 들어 있는, 조그마한 초콜릿 쿠키 네 개— 그것이 진심 초콜릿이 아니라는 것은 딱 보기만 해도 알 수 있다. 왜냐하면 몇 초 전, 아버지도 같은 것을 받았으니 말이다.

의리 초콜릿도 아닌, 가족 초콜릿.

카테고리로 본다면 어머니한테 받는 초콜릿과 별반 다르지 않은, 아마 밸런타인데이에 있어 최하위일 그것이, 온종일 기다린 끝에 여친에게 받은 초콜릿이었다.

"아…… 응, 고마워……."

잠시 얼이 나간 후, 나는 어찌어찌 고맙다고 말하며 그것을 받았다.

"미즈토, 왜 그래? 처음으로 여자애한테 초콜릿을 받고 감동한 거니?"

"그러고 보니, 미즈토 군은 쭉 남자 가족하고만 살았겠네."

"아니, 하지만 올해는 히가시라 양한테도 받았을 것 같은데 말이지."

부모님의 자상한 놀림을 어찌어찌 받아내며, 나는 상상을 초월하는 충격에 빠지고 말았다.

혹시, 이게 다야……?

아니, 그럴 리가 없다. 우여곡절을 겪은 끝에 겨우 다시 사귀기로 하고 처음 맞이한 밸런타인데이거든? 아버지한테 준 것과 똑같은 초콜릿만으로 넘길 리가 없는데…….

하지만 내 예상 — 혹은 소망 — 과 달리, 목욕을 마치고 밤이 깊어 가는데도 유메는 진심 초콜릿을 주지 않았다.

"나, 이만 잘래."

날짜가 바뀌려는 때 — 즉, 밸런타인데이의 끝이 다가왔을 때 — 드디어 유메가 그렇게 말하면서 자기 방으로 돌아가려 했다.

나는 마음속으로 약간 허둥대면서도, 겉으로는 태연한 척을 하며 「나도 자러 갈까」 하며 자리에서 일어났다.

유메를 뒤쫓듯이 계단을 올라가자, 그녀는 복도에서 나를 돌아보며…….

"잘 자."

……하고 말했다.

정말…… 이것으로 끝인가?

서로가 방에 들어가면…… 올해 밸런타인데이는 끝나고 말거든?

하지만, 진심 초콜릿을 달라고 애걸복걸하는 짓거리를 내가 할 수 있을 리가 없다.

"그래, 잘 자……."

겨우 그렇게 대답한 나는, 자기 방으로 들어가는 유메의 뒷모습을 미련에 찬 눈길로 쳐다볼 수밖에 없었다.

……원래 이런 것일까.

나는 사귀던 시절의 밸런타인데이를 너무 미화한 것일지도 모른다. 그 시절에는 서로가 처음으로 연애를 했고 시야도 좁은 중학생이기에, 사소한 일도 확대해석을 했다. 하지만 그 후로 2년이 지나고, 열 달하고 보름가량의 동거를 경험하면서 우리는 웬만한 동거 커플을 능가할 만큼 원숙한 관계가 됐다.

그런 우리에게, 밸런타인데이는 이런 것이 아닐까.

……왠지, 화가 난다. 내가 유메보다 뒤처지고 있는 것 같아서 말이다.

석연치 않은 마음을 품으며, 나는 방문을 열고 들어갔다.

그러자…….

책상 위에— 낯선 봉투가 놓여 있다는 것을 눈치챘다.

"아…….."

나는 무의식적으로 책상에 다가갔다.

귀여운 리본으로 입구 쪽이 묶여 있는 그 봉투에는 『Happy Valentine』이라고 화이트 초콜릿으로 적혀 있는, 커다란 하트 모양 초콜릿이 들어 있었다.

바로 그때— 등 뒤에서 기척이 느껴졌다.

활짝 열린 문 앞에 나타난 누군가가, 주의를 기울이지 않으면 못 들을 만큼 작고 빠른 목소리로, 선언한 것이다.

"—진심 초콜릿."

그리고 내가 뒤돌아봤을 때는, 그 누군가는 덜컹 소리가 나게 문을 닫으면서 자기 방으로 도망친 후였다.

"……당했어."

나는 그렇게 중얼거리면서도, 무심코 입가를 씰룩였다.

내가 이렇게 농락당하다니— 2년 동안, 정말 성장했는걸.

나는 의자에 앉아서 리본을 조심조심 푼 후, 원래 맛 이상으로 달게 느껴지는 초콜릿을 먹었다.

다음 날 아침.

거실에서 얼굴을 마주한 유메에게, 나는 당당히 말했다.

"초콜릿 고마워. 맛있었어."

거실에는 아버지도, 유니 씨도 있다.

하지만, 나는 거리낌 없이 그렇게 말할 수 있었다. —내가 유메한테 초콜릿을 받은 것 자체는, 이미 부모님도 알고 있는 사실이다.

진심인가, 의리인가, 그 점에 있어서만, 인식의 차이가 있을 뿐이다.

유메는 기분 좋은 듯이 미소 지으며, 말했다.

"맛있었다니 다행이야. 답례, 기대해도 되지?"

"뭐, 적당히 생각해보겠어."

아버지도, 유니 씨도, 미심쩍어하지 않았다.

그것을 확인한 나와 유메는 몰래 시선을 교환하며, 함께 웃었다.

손에 넣은 것, 눈부신 환각

하바 죠지 ◆ 해 질 녘에 찾았다

다른 사람은 자신의 뭔가를 멋지다고 생각한 적이 한 번이라도 있을까.

나는 있다. 딱 한 번 말이다.

―부활동 가자~!

―응! 아, 하지만 당번 활동을 해야― 어라……?

칠판 지우개도, 쓰레기통도, 전부 내가 치워뒀다.

누가 했는지는 나 말고는 아무도 알지 못한다. 다들 고개를 갸웃거리면서도 자기가 원래 해야 할 일을 하러 원래 있어야 할 장소로 향했다.

이런 체질도 쓸 데가 있다.

내가 다른 이를 어떤 식으로 도와주더라도, 그 누군가의 눈에 띄지 않는다. 그 어떤 인간의 그 어떤 인생에도, 등장인물로 여겨지지 않는다. 누구에게도 들키지 않으며, 자연현상처럼 무대 뒤편의 스태프로 존재할 수 있다.

그것이 유일하게― 자신이 멋지다고 생각하는 부분이었다.

나에게는 능력이 없다.

운동신경도 없다. 공부도 그렇게 잘하지 않는다. 예술적 센스도 전무하다.

하지만 누구도 그 점을 불쌍하게 여기지 않으며 누구에게도 걱정을 끼치지 않는다. 그것이 나에게 주어진 유일한 자질이었다.

그렇다면 내 삶의 방식은 정해진 것이나 다름없다.

쓸데없는 일은 전부 나에게 맡겨다오.

능력을 지닌 인간은 그에 상응하는 일에 시간을 할애해야 마땅하다. 쓸데없는 일은 나처럼 무능한 자에게 맡기고, 너희는 너희만이 할 수 있는 일을 해야 마땅하다.

아무것도 못 하는 나는 누구나 할 수 있는 일을 소화한다.

그것만이 나에게 주어진 긍지였다―.

―하바.

해 질 녘.

쓰레기봉투를 옮기던 나를 똑바로 바라보며 불러세웠다.

그녀가 나타날 때까지는 말이다.

―하바 죠지. 너만이 할 수 있는 일이 있다.

이리도 미즈토 ◆ 서로를 위로하고, 떠받쳐주며

시계 소리에 섞여서 펜 놀리는 소리가 조용히 들려왔다.

그리고 때때로 종이를 넘기는 소리가 들려왔다. 이것은 내가 교과서의 페이지를 넘기는 소리였다.

"두 사람~, 나도 그만 자러 갈게~."

유니 씨가 복도로 이어지는 문 쪽으로 향하며 말했다.

"너무 무리하지는 마~. 파이팅!"

"응, 잘 자."

"안녕히 주무세요."

우리의 대답을 들은 유니 씨는 고개를 끄덕인 후, 거실을 나섰다. 침실 쪽을 향해 발소리가 멀어져갔다.

그 후, 나는 교과서에서 눈길을 떼며 고개를 들었다.

코타츠에 교과서와 공책을 펼쳐두고 묵묵히 공부하는 유메가 눈에 들어왔다.

이 광경을 보는 것도, 드문 일은 아니었다.

1학기 때만 해도 우리는 고집스럽게 각자의 방에 틀어박혀서 공부했지만, 이번 학년말 고사에서는 자연스럽게 처음부터 협력해서 공부하기로 했다. 우리는 특기 과목이 다르다. 옛날에는 적개심의 요인이었던 그것도, 협력하게 된 후로는 보완 관계가 됐다.

하지만—.

"……하암."

유메가 입을 살짝 벌리며 하품을 했다. 그리고 눈가를 비비기 시작했다.

나는 그 모습을 보며…….

"너무 무리하지는 마. 공부 말고 다른 일로도 바쁘잖아?"

"응……. 맞아."

학생회는 이 시기에 바쁜 것 같았다. 내년도 예산위원회와 졸업식, 입학식 준비 등, 평범한 학생이 존재조차 모르는 이벤트를 잔뜩 치르는 것 같았다. 게다가 1년을 통틀어 가장 어려운 학년말 고사까지 겹쳤으니, 학교 측에서 스케줄을 잘못 짠 게 틀림없다는 생각마저 들었다. 만약 밸런타인데이가 3월이었다면, 유메는 초콜릿을 만들 여유도 없었을 것이다.

"시험공부도 뒤처진 편은 아니니까, 한숨 돌려."

"으응~."

"안 그래도 너는 툭하면 무리하잖아. 아무도 보는 사람 없으니까 안심해."

"하아아아아~~~~."

샤프를 쥔 손을 멈춘 유메는 공책 위에 넙죽 엎드렸다. 그대로 땅이 꺼지게 한숨을 내쉬었다.

"이렇게 정신없는 3학기는 처음이야……."

"원래는 아무 행사도 없는 기간이잖아."

원래라면 밸런타인데이와 화이트데이뿐일 것이다. ─세리머니 삼아 트랙을 도는 듯한, 순위 확정 후의 의미 없는 시합을 치르는 듯한, 그런 인상의 학기다. 학생회 임원 이외의 학생에게는 말이다.

유메는 두 손을 코타츠 위로 쭉 뻗었다.

"여기저기 할 것 없이 영수증 관리를 대충대충 해놔서, 예산 편성을 할 수가 없어……."

"고생이 많네."

"예산을 다 써버려야 한다면서, 부활동과 상관없는 걸 잔뜩 사지를 않나……."

"심각한 사태잖아."

"교감 선생님은 대뜸 『송별회』의 기획을 늘리려고 했다니깐……."

"중간관리직의 비애구나."

푸념이 줄을 잇자, 나는 적당히 맞장구를 쳤다. 매정한 게 아니라, 외부인인 내가 해줄 수 있는 것이라고는 그 정도뿐이었다.

유메는 쭉 뻗은 두 손을 버둥거리면서 말했다.

"지쳤어……. 위로해줘……."

"그래그래."

나는 손을 뻗어서 유메의 긴 머리카락에 가린 그녀의 귀 언저리를 가볍게 쓰다듬어줬다. 대형견한테 해줄 듯한 짓이지만, 유메는 마음에 든 건지 내 손바닥에 자기 볼을 비볐다.

"이제 기운 낼 수 있겠어?"

"으응…… 조금만 더~~."

유메가 어리광부리는 듯한 목소리로 그렇게 말하자, 나는 미소를 지으면서 그녀의 귓불 뒤편을 손가락으로 쓰다듬었다. 유메는 간지러운 듯이 입술을 꼬물거리더니, 부드러운 눈길로 나를 응시했다.

"고마워."

귀에 걸려 있던 머리카락 중 일부가 볼 쪽으로 흘러내렸다.

"이 정도면 싸게 치인 거야."

"그럼 화이트데이에는 비싼 걸 기대해도 되겠네?"

"압박하지 마……."

안 그래도 열심히 고민하는 중이라고.

유메는 푸흡 하고 어깨를 흔들며 웃더니…….

"네 쪽은 괜찮아?"

"응?"

"히가시라 양의 공부도 봐주고 있잖아?"

2학기에 이어, 나는 또 이사나의 가정교사로 임명됐다.

나토라 씨가 의뢰하지 않았더라도, 나는 매니저로서 걔가 낙제점을 받게 할 수는 없다. 주로 원격 강의를 통해, 수업을 전혀 듣지 않은 듯한 그 애의 머릿속에 시험 범위 내용을 욱여넣는 중이다.

"큰일 아냐? 자기 공부도 해야 하잖아."

"내 공부는 그렇게 시간이 안 드니 괜찮아. 이사나는 무지무지하게 시간이 들지만 말이지."

금방 의욕을 잃는 탓에 몇 번이나 반복을 해줘야 하기에 정말 힘들다. 걔는 전형적인, 흥미가 없는 쪽으로는 능력을 발휘할 수 없는 타입이다.

유메가 갑자기 손을 뻗나 했더니, 내 볼에 손바닥을 댔다.

"고생 많네."

"위로해주는 거야?"

"뭣하면 무릎베개도 해줄게."

"……그랬다간 바로 잠들 거야."

"아, 그건 그래."

다음 날 아침, 코타츠에서 유메의 무릎을 벤 채 잠들어 있는 모습을 부모님이 목격하기라도 했다간 끝장이다.

"그럼 그것도…… 화이트데이에 해줄게."

"졸업식도, 그날이었지?"

"응. 그 후에 입학식이 있긴 하지만, 얼추 일단락될 거야."

"그럼…… 기대 좀 해도 되겠네."

"응."

내가 볼에 닿은 손을 움켜잡자, 유메는 내 손을 마주 쥐었다.

이윽고 누가 먼저랄 것 없이, 코타츠 위에서 서로의 손가락이 얽혔다.

"……저기……."

"왜?"

"잠시만…… 몸을 맞대도, 돼?"

나는 잠시 뜸을 들인 후…….

"어쩔 수 없네."

"에헤헤. 만세~."

내가 약간 옆으로 몸을 옮기며 자리를 만들어주자, 유메는 그쪽으로 이동해서 코타츠 안에 발을 집어넣었다.

그리고, 그대로 내 어깨에 기댔다.

나는 그런 유메를 부축하듯, 그녀의 가느다란 허리에 팔을 둘렀다.

"아……."

말할 것도 없겠지만, 오늘은 더 이상 공부를 하지 못했다.

호시베 토도 ◆ 후배는 주말 아내

"선배~! 살아 있어요~?"

철컥하면서 방문이 갑자기 열리자, 나는 침대 위에서 펄쩍 뛰었다. 그러면서 무의식적으로, 스마트폰 화면을 이불로 가렸다.

문을 연 사람은 사복 위에 코트를 걸친 내 연인— 아소 아이사였다.

오늘도 여전히 얄미운 미소를 짓고 있는 그녀를 쳐다보며, 나는 말했다.

"너…… 열쇠는 어디서 났어?"

"어머님한테서 열쇠를 받았어요."

아이사는 의기양양하게 열쇠를 보여줬다. 어머니 마음에 들었다는 건 알고 있었지만…… 동급생에게는 미움을 받지만, 이런 쪽으로는 참 요령이 좋은 애다.

내가 하아 하고 한숨을 내쉬자, 아이사는 눈을 가늘게 떴다.

"선배……."

그 날카로운 시선은, 이불에 가려진 스마트폰을 향하고 있었다.

"혹시…… 야한 걸 보고 있었어요?"

연인이 용의자를 심문하는 경찰관 같은 눈길로 그렇게 말하자, 나 또한 불심 검문을 하는 눈길로 마주 쳐다봤다.

"혹시…… 남친이 AV를 못 보게 하는 타입이야?"

"네."

주저 없이 답했다.

이렇게 당당히 선언하니, 시원시원하게 느껴질 지경이었다.

아이사는 한 걸음 한 걸음 다가오더니, 허리에 손을 대며 나를 내려다봤다.

"그야, 필요 없잖아요? 이렇게 귀여운 여친이 있으니까요!"

"이 세상 모든 남자를 대표해서 반론하자면, 실제 인간과 콘텐츠는 별개라고."

"매일 셀카도 보내주는데~!"

아이사가 볼을 부풀리며 그렇게 말하자, 나는 어깨를 으쓱했다.

왜 이해 못 하는 것일까. 연인을 AV 여배우나 비밀 계정에 야한 사진 올리는 여자애처럼 어떻게 여기냐고.

"뭐, 선배의 성욕은 나중에 탈탈 털어주기로 하고⋯⋯."

"무시무시한 소리 하지 마."

"우선 식욕부터 채워줄게요. 어머님이 점심을 만들어주라고 부탁하셨어요."

아이사는 비닐봉투를 살짝 들어 보였다. 안에 식재료가 들어 있는 것 같았다.

"부탁했어? 어떻게?"

"LINE으로요."

"남의 모친과 LINE 주고받지 말라고."

덕분에 되게 불편하다고. 어머니도 「아이사 양 같은 좋은 애, 절대 놓치지 마」 하고 툭하면 말한단 말이다.

사귀기 시작한 후로, 아이사는 내 아내라도 된 것처럼 나를 뒷바라지하기 시작했다. 어머니와 친해진 것도 그래서다. 겉모습과 다르게 가정적인 건 좋지만, 얘가 이러니 다른 꿍꿍이가 있는 듯한 느낌이 든다니깐.

"밥해주는 건 고맙지만, 너⋯⋯ 시험공부는 괜찮은 거야?"

"⋯⋯무슨 소리인지 모르겠네요."

아이사는 시치미를 떼며 고개를 돌렸다.

이 애⋯⋯ 학년말 고사가 코앞인데, 현실 도피하러 온 거구나?

"어쩔 수 없지……. 나중에 가르쳐줄게."

"에헤헤. 폐 끼쳐서 죄송함다. 학생회의 이름에 누가 되지 않도록 노력하겠슴다."

─그리고, 결국 이렇게 됐다.

"으응…… 쿠울……."

곤히 잠든 아이사의 숨소리를 들으며, 커튼을 친 창문을 쳐다봤다. 밖은 저녁때를 지나서 밤에 접어들려 하고 있었다.

다음으로, 내 어깨를 베개 삼아서 잠자는 알몸의 연인을 쳐다봤다. 체력이 바닥났다기보다 애초에 피곤했을 것이다. 학생회는 이 시기에 여러모로 바쁘니 말이다. 그런 애가 이런 짓을 해도 되는 거냐, 란 말이 목 근처까지 치밀어 올랐지만─.

"……서로에게 푹 빠지고 말았구나……."

손가락 끝으로 아이사의 앞머리를 쓰다듬어주며 말했다. 나한테는 잔소리를 할 자격이 없다. ─시험공부 내용이 머릿속에 남아 있기를 빌어줄 수밖에 없나.

나는 어르듯이 아이사의 머리를 쓰다듬어주면서, 다시 스마트폰을 만지작거리기 시작했다.

그러고 있을 때, 목덜미에 닿는 숨결에 어떤 말이 섞였다.

"썬배애…… 으응, 쭉 함께……."

……잠꼬대까지도 참 되바라진 애다.

나는 쓴웃음을 곱씹으면서 아이사의 머리카락에 입맞춤한 후, 작은 목소리로 답했다.

"……알아."

그래서 이렇게, 화이트데이 선물을 생각하고 있는 거야.

카와나미 코구레 ◆ 받기만 하는 게 아니라

때로는 나도, 자기 인생을 되돌아볼 때가 있다.

많은 사람이 그렇듯이, 내 인생의 황금기는 초등학생 시절이다. 친구들에게 둘러싸여, 마치 자기가 세상의 주인공인 듯한 기분으로 하루하루를 살았다.

그 시절의 나와 지금의 나는 뭐가 다를까―.

뭐든 해낼 수 있을 것 같았다. 충실감이 넘쳐흘렀다. 뭘 하더라도 실패할 리가 없다는 확신에 차 있었다.

어쩌면 좌절을 몰랐을 뿐이라고 할 수 있을지도 모른다. 그건 그렇다. 일개 골목대장, 우물 안 개구리는 망망대해를 모른다. 그래도 나는― 지금의 나에 비하면, 당시의 내가 나았다는 느낌이 들었다.

아무것도 할 수 없다는 것을 깨달은 나보다―.

뭐든 할 수 있다는 자만에 빠진 내가 나았다는 생각이 들었다.

언제부터 이렇게 된 것일까? 아, 분명 그때다.

입만 벌리고 가만히 있으면 여친이 생길 거라 착각했던, 바로 그때다.

—조, 좋아……해…….

싫지는 않다고 여기던 소꿉친구가, 아무것도 안 했는데 고백해온 바로 그때, 분명 나는 맛이 가고 말았다.

받기만 하는 것에— 익숙해지고 말았다.

화이트데이보다 밸런타인데이가 먼저인 것은 일종의 남녀차별 아닐까, 같은 사회적 생각인 뇌리를 스쳤다. 만약 나와 그 애의 성별이 반대였다면 어땠을까. 여자인 나는 분명 2월 14일이 다가올 때마다 어떤 초콜릿을 보낼지 고민했을 것이다. 하지만 현실에서는 가만히만 있어도 초콜릿을 받을 수 있고, 그것을 기준 삼아 답례를 생각할 뿐이다.

그 애와 사귀기 시작한 후로 지금까지, 나는 쭉 수동적으로 살아온 듯한 느낌이 들었다.

그것은 내 성적 취향도 적지 않게 관여했지만, 역시 본질적으로는 나 자신의 오만과 나태 탓이다.

내 체질을 치료하는 것도 나보다 그 애가 더 적극적이며, 단 한 번도 내가 능동적으로 행동한 적은 없다. —당당하게 좋아한다는 말을 하고 싶다, 라는 그 애의 소망을 들어줘야 할 책임이 나한테는 있는데도 말이다.

"때로는…… 남자다운 모습을 보여줘야겠지……."

나는 공책으로 이마를 찰싹 소리 나게 때렸다.

"거기~. 농땡이 부리지 마!"

소파 팔걸이에 엎어놨던 머리를 들자, 미나미가 눈을 부라리며 나를 쳐다보고 있었다. 품이 낙낙한 니트 실내복을 입고 있었다. 이 애치고는 꽤 문명적인 옷차림이었다.

"농땡이 안 부렸어~. 자기 인생이란 녀석을 되돌아봤을 뿐이야."

"그 전에 시험 범위를 되돌아봐. 모처럼 같이 공부해주고 있잖아! 이번에는 이리도한테 기대지도 못하거든?!"

미나미는 그렇게 말하면서, 다시 끓여온 커피를 테이블에 내려놨다.

그렇다. 지난 번에도 그렇지만, 전교 2등인 내 친구는 히가시라가 낙제점을 받는 것을 저지하느라 바쁘기에 울며불며 매달릴 수가 없다.

안 그래도 화이트데이에 어떻게 할지를 생각해야만 하는데— 밸런타인데이에 진심 초콜릿을 받은 남자를 배려 좀 해달라고.

"그래그래. 하면 될 거 아냐!"

내가 테이블 옆에 귀찮다는 듯이 비스듬히 앉자, 미나미는 자기 옆으로 오라는 듯이 카펫을 손바닥으로 두드렸다.

"이번에는 나도 여유가 없거든?! 좀 열심히 하란 말이야!"

"그래, 미안해."

몸을 일으킨 나는 소파에서 내려온 후, 미나미의 옆에 책상다리를 하며 앉았다.

그러자 미나미가 미심쩍다는 듯이 눈썹을 찌푸렸다.

"……왜 그래? 갑자기 순순해졌네."

"마음을 다잡았을 뿐이라고."

뭘 어쩌든 간에, 우선은 눈앞의 시험부터 어떻게 해야 한다.

받기만 하는 인생이 싫다면— 이 정도는, 자기 힘만으로 어떻게 해야겠지~.

샤프를 손에 쥔 나는 겸사겸사 행동에 나섰다.

"참고삼아 물어보는 건데~."

"응~?"

"너는 나한테 무슨 짓을 당하면 기쁠 것 같아?"

미나미는 어리둥절한 표정으로 내 얼굴을 들여다봤다.

"혹시, 내가 엉큼한 소리 하도록 유도하는 거야?"

"아냐~! 엉큼한 건 너라고~!"

물어본 내가 바보였다.

하바 죠지 ◆ 도우미의 한계

—자. 앉아라, 회계. 이제부터 우리가 학생회다.

그것은 반쯤 납치였다.

누구에게도 인식되지 않는 투명하고 존재감 없는 도우미

를 지향하던 나는 정신을 차리고 보니 학생회 같은 곳에 끌려와서 회계라는 직함까지 받고 말았다.

이런 일을 벌인 건 1학년이면서 부회장으로 발탁된 동급생이었다.

─무슨 속셈이냐고?

쿠레나이 씨는 태연한 표정으로 대답했다.

─나로서는 너야말로 무슨 속셈이냐고 묻고 싶은걸. 산전수전 다 겪은 비서 같은 통찰력과 실무능력을 지녔으면서 왜 그 외 다수 중 한 명으로 있으려고 하는 거지? 이렇게 끝내주는 인재가 눈앞에 굴러다니고 있다면 횡재라고 생각하며 바로 확보하는 게 도리 아니려나?

쿠레나이 스즈리란 인간은 천성적으로 사람을 홀리는 재주를 지녔다.

그 능력과 미모로 이목을 모으면서 이런 나한테도 있지도 않은 장점을 칭찬한다. 횡재─ 정말 눈에 띄지 않을 뿐인 존재에게 그런 입에 발린 말을 용케 한다 싶었다.

그리하여 들어가게 된 학생회는…… 생각했던 것보다 나쁘지 않았다.

─죠, 대단해~! 벌써 끝낸 거야~? 대박~! 아이사는 이렇게 느려터졌는데…….

─아소 아이사! 죠에게 일을 떠넘기지 마라!

─후훗. 당찬 후배를 둬서 회장도 참 든든하겠네.

─너, 눈이 삔 거 아냐? 저건 당찬 게 아니라 뻔뻔한 거라고.

아소 씨와 쿠레나이 씨는 툭하면 다퉜고, 서무인 선배는 온화한 눈길로 그런 두 사람을 지켜봤으며, 호시베 회장은 심심하다는 듯이 하품을 했다. 그런 공간에 속해 있으면서 편안함을 느끼지 않았다고 말하면…… 그것은 거짓말이리라.

학생회는 나에게 과한 직함이지만…….

이 사람들의 곁에 있을 수 있다는 건─ 즐거운 일이었다.

그것만으로 충분했다.

그것만으로도 충분하기 그지없었다.

─죠, 왜 그러지?

─도망칠 것까지는 없잖아. 여자애가 이렇게 서비스를 해 주는데 말이지.

─참 호사스러운 녀석인걸. 이런 미소녀가 순결을 바치겠다고 하는데, 거부하는 거야?

저한테는 너무 과분해요, 쿠레나이 씨.

남의 눈에 띄지 않게, 종잇장처럼 얄팍하게 살아온 저에게…….

다른 사람의 마음을 받아주는 건─ 분수에 넘치는 일이에요.

"좋아—. 오케이."

"하아아~~~~."

내가 오케이라고 말한 순간, 이사나는 그대로 책상에 넙죽 엎드렸다.

"해냈어요……. 이번만은 무리라고 생각했다니까요……."

"수고했어. 업로드는 내가 해둘게."

"부탁드려요……."

이사나의 프로듀스 일환으로, 각 계절의 이벤트와 연관된 일러스트를 꼭 올리기로 했다. 물론 화이트데이도 포함되어 있는데, 이사나는 이번에 매우 고전했다. 진짜로 아무 아이디어도 떠오르지 않는 것 같았다.

사실 이사나의 주된 이미지 소스인 라이트노벨에서는 화이트데이 시기에 이야기가 클라이맥스에 이르기에, 그걸 신경 쓸 겨를이 없을 때가 많다. —러브 코미디에서는 여러 히로인 중에서 한 명을 선택하는 게 화이트데이란 이미지다. 그런 인상이 앞서는 탓에, 평범한 화이트데이에 관한 일러스트의 소재가 적은 것이다.

애초에, 기본적으로 남자가 주체인 이벤트이기도 하다.

남자 캐릭터를 그리게 할까도 생각했지만, 최종적으로는 『차라리 승리한 히로인을 그려보는 건 어때?』라는 제안이 돌파구가 됐다. 러브 코미디의 클라이맥스란 이미지만 가지고 있다면, 심플하게 그것을 그려보면 된다고 생각한 것이다.

러브 코미디 히로인의 승패는 비교적 널리 공유되는 문맥이며, 스토리를 상기시키는 이미지의 화풍과도 잘 매치됐다. 500RT 정도는 가능하겠지.

……실은 요즘 들어, 업계인으로 보이는 계정의 팔로우가 눈에 띄고 있다.

이대로 가면 상업 쪽 일거리가 들어올 가능성도 적지 않다. 케이코인 씨와 상의해보니 『들어오더라도 전혀 이상할 게 없다』라는 말을 들었다.

하지만 이사나에게 애정이 깊은 라이트노벨 일거리는 시기상조다.

그도 그럴 것이, 미소녀 캐릭터 이외의 경험치가 너무 없었다. 남자 캐릭터나 어른 캐릭터를 그릴 수 있게 되고, 소품 디자인에 관한 지식도 쌓고 나서야 비로소 손을 뻗을 수 있는 영역이다. 빨라도 내년 중반기까지는 힘을 모은 후, 포트폴리오를 만들어서—.

—그런 작전을 짜면서 이사나의 방에서 나가보니, 나토라 씨가 거실에 있었다.

나토라 씨는 소파 위에 무릎을 세우고 앉아서 텔레비전 게임을 하고 있었다. 집중력이 필요해 보이는 대전 게임이지만, 내가 거실에 들어서자마자 돌아보지도 않으며 말을 건넸다.

"여어. 수고했어."

"수고 많으시네요……."

"나는 수고랄 것 없거든? 얕보지 마."

평범한 인사말을 걸고넘어지지 말아줬으면 좋겠지만, 이 사람의 어른스럽지 못한 태도에도 꽤 익숙해졌다.

"저 게으름뱅이를 관리하느라 고생 많네. 학년말 고사 결과는 들었어."

"……어디까지나 이사나의 실력이에요. 게다가 저는 원래 공부에 시간을 많이 들이지 않는 타입이거든요."

"자랑스럽게 여기라고. 내 딸을, 그 진학고에서 낙제점을 면하게 만들었잖아."

시합이 끝난 건지, 컨트롤러를 쥔 손을 멈춘 나토라 씨가 나를 돌아봤다.

"잘했어. 내 딸과 자는 걸 허락해주지."

"정치적 올바름적으로 좀 그러니까 사양하겠어요."

쓰레기 같은 변명인걸, 하고 웃으면서 말한 나토라 씨는 다음 시합을 시작했다.

……유메와 사귀고 있다는 것은 아직 이 사람에게 말하지 않았다.

얼마나 진심으로 나와 이사나를 이어주려 했던 건지는 모르지만, 언젠가는 이야기를 해야만 할 것이다. 연인이 있는

데도 딴 여자의 방에 드나드는 것은 사실이니까…… 이 사람에게는 부모로서 나를 비난할 권리가 있다.

하지만 그것도 이사나의 상황이 좀 더 안정된 후의 일이다. 만약 나와 연락을 주고받는 것도 금지된다면, 지금의 이사나는 아무것도 하지 못한다.

나중에 내 인상이 얼마나 나빠질지 몰라도, 지금은 말하지 않는 편이 낫다는 것이 내 판단이다.

물을 떠서 방으로 돌아가보니, 이사나는 책상에 엎드린 채 잠들어 있었다.

첫 마감 지옥과 학년말 고사가 겹친 탓에 심신이 녹초가 됐을 것이다. 나는 침대에서 모포를 가져와서 곤히 잠들어 있는 이사나의 어깨에 걸쳐줬다.

"수고했어."

작은 목소리로 그렇게 말한 후 조그마한 꾸러미를 그녀의 머리 옆에 뒀다.

그 꾸러미에는 역 지하에서 산 비싼 쿠키가 들어 있었다.

아소 아이사 ◆ 선배

잠에서 깼을 때, 춥다고 느끼는 일이 많아졌다.

3월의 기후 탓이 아니다. 이불이 얇아져서도 아니다.

잠에서 깨보니, 선배가 옆에 있을 때가 많아져서다.

선배의 온기가 그리운 나머지 이불 안에서 무릎을 끌어안았다.

내가 생각해도 어처구니가 없었다. 한 침대에 선배가 없을 뿐인데 이렇게 쓸쓸했다.

요즘 들어서는 일주일에 두 번은 같이 자는데 말이다.

내 주체할 수 없는 인정 욕구는 그 정도로는 부족하다고 말하고 있는 것 같다. ―혹시 나는 의존증인 걸까? 아니, 좋게 말하자. 내 몸이 선배 색깔로 물들어버린 것이다. 꺄아~, 음란해!

실은, ……선배가 선배가 아니게 되는 것에 싫어~ 싫어~ 하며 응석을 부리고 있을 뿐이다.

나한테 있어서 선배는 처음 만났을 때부터 선배였다. 그 이외의 무엇도 아니며, 그래서 연인 사이가 된 지금도 계속 선배라고 부르는 데다, 존댓말을 관둘 생각도 없다.

선배 본인은 이따금 『언제까지 존댓말을 쓸 건데?』 하고 말하지만…… 후배라는 포지션은 의외로 편하다. 어리광을 부려도 될 듯한 느낌이 든다. 매달려도 될 듯한 느낌이 든다. 여동생처럼 상냥하게 대해지면서 연인처럼 알콩달콩할 수도 있다니, 완전 최고 아냐?

즉, 나 스스로에게 자신이 없는 것이다.

선배와 대등한 인간이 된다, 고 하는 자신이― 나란 애는 항상 그렇다. 남들에게 떠받들어지기를 바라면서도 자기 주제를 깨닫고 움츠러든다. 스트링에게 콤플렉스를 느꼈을 때와 달라진 게 없다.

나는 다음 달부터…… 선배가 없는 학교에 다녀야만 하는데…….

"—언니! 언제까지 퍼질러 잘 거야?! 오늘 졸업식이잖아?!"

우수한 여동생 알람이 들려오자, 나는 꾸물거리며 이불 밖으로 얼굴을 내밀었다.

학생회는 졸업식 운영의 핵심이다. 나는 작년에 경험해봤지만, 란란과 유메찌는 처음이라 어떻게 하는지 잘 모를 것이다.

가야만 한다.

나도 이제 선배니까…….

졸업식은 원만하게 끝났다.

졸업생이 퇴장해서 한산해진 체육관에서 줄지어 놓은 접이식 의자를 정리했다. 체육관 밖에서는 환성인지 울음소리인지 알 수 없는 희비가 교차하는 목소리가 어렴풋이 들려오고 있었다.

나는— 울지 않았다.

선배 말고 아는 선배라고는 서무 선배뿐이다. 그 사람과도 SNS로 계속 연락하고 있으니 작별했다는 느낌이 들지 않았다.

애초에 나는 졸업식에서 울지 않는 타입이다.

자기가 졸업할 때는 남이 울어주길 바라면서도 선배가 졸업할 때는 눈물샘이 반응하지 않는 그런 매정한 타입이다.

아니면, ……인정하고 싶지 않은 걸까.

선배가 졸업한다는 사실을— 선배의 후배가 아니게 된다는 사실을 말이다.

"아이사."

접은 의자를 옮기고 있을 때 스즈링이 말을 걸어왔다.

"여기는 이제 됐다. 가보는 게 어때?"

"으음……."

배려심이 묻어나는 제안이지만, 나는 반사적으로 우물쭈물했다.

이어서 입에서 튀어나온 것은 한심한 변명이었다.

"됐어. 나, 미움받고 있거든. 주제넘게 나갔다간 모처럼의 감동 무드가 박살 날 거야."

스즈링은 가느다란 눈썹을 살짝 찌푸렸다.

"꽤 이해심이 많아졌는걸……. 주제넘게 나서는 게 장점이었던 애가 말이지."

"본처의 여유라고나 할까? 만날 약속도 이미 해뒀으니까 걱정하지 마."

그렇다. —오늘은 졸업식 날이자, 3월 14일이다.

화이트데이.

선배한테서 밸런타인데이의 답례가 하고 싶다, 라는 연락을 이미 받았다.

그러니 학교에서 만나지 않더라도—.

"다른 후배가 고백하고 있을지도 모르지."

등골이 서늘해졌다.

"오늘이 마지막 기회니까 말이다. 그래도 괜찮다면야—."

"미안하지만, 뒷일 부탁할게!!"

나는 안아 들고 있던 접이식 의자를 스즈링에게 떠넘긴 후, 전속력으로 체육관을 뛰쳐나갔다.

알고 있다.

이것이 의미 없는 불안이라는 것을 말이다. 선배는 내가 후배가 아니게 되는 것을 신경 쓰지 않고, 나 이외의 후배에게 고백을 받더라도 신경 쓰지 않는다. 내가 그렇게 고생고생해서 함락시킨 상대인 만큼, 별 접점도 없는 후배에게 선배가 넘어갈 리 없다.

그래도— 선배에게 있어 나는 최고의 후배이고 싶다.

최후의 순간까지. 마지막 1분 1초까지도 말이다.

왜냐하면— 나에게 있어 선배는 최고의 선배니까……!

"선……! 배……?"

선배를 발견하고 뛰어간 교문에는 이미지했던 것과 전혀 다른 광경이 펼쳐져 있었다.

선배를 둘러싼 수많은 후배는 없었다.

그저 선배가 홀로 교문 기둥에 기대선 채 졸업증서가 들어 있는 통을 만지작거리고 있었다.

그리고…….

"어? 아— 빨리 나왔는걸."

그렇게…… 내 얼굴을 보더니 평소처럼 말을 건넸다.

나는 몇 번이나 선배 이외에는 아무도 없는 교문을 둘러본 후에 말했다.

"어? 저기…… 선배? 배웅해주는 사람은……?"

"딱히 없어. 부활동은 1학년 때 관뒀고— 학생회 일로 알게 된 애들이 얼굴을 비추긴 했지만, 걔들도 금방 돌려보냈어."

"네? 왜요……?"

"선약이 있거든."

선배는 시니컬한 미소를 머금었다.

"귀여운 여친을 기다리게 만들면 어떻게 해요— 하고 지난달에 말했었잖아?"

……그건, 단순한 농담이다.

방금 선배가 한 말 또한 분명 농담이리라.

하지만…… 나를 가장 우선해준 건 분명 사실이다.

"……선배."

"응?"

나는 쉬운 여자애라서 겨우 그 말을 듣고 불안을 깨끗하게 잊었다.

"인망…… 없네요."

소악마스러울까.

진심 어린 안도감이 얼굴에 드러나지 않았을까.

지금 불안한 점은 그것뿐이었다.

"인마, 전년도 학생회장을 얕보지 말라고. 동창회에서 모셔가려고 난리거든?"

농담 투로 그렇게 말한 선배가 나에게 다가왔다.

그리고 호주머니에 손을 넣으면서,「몸 좀 숙여봐」하고 말했다.

"네? 선배, 갑자기 왜—."

시키는 대로 몸을 약간 숙이자, 선배는 내 목 뒤편으로 손을 둘렀다.

목 주위에서, 감촉이 느껴졌다.

내 목에, 얇은 목걸이가 걸렸다.

"해피— 아…… 해피 밸런타인데이는 들어본 적 있지만, 해피 화이트데이라고도 하던가?"

나는 자기 목에 걸린 목걸이를 지그시 내려다봤다.

이건…… 이건!

"서, 선배, 이건……!"

"고삐 대용이야. 이제 학교에서는 네 고삐를 쥘 수 없잖아."

게다가, 하고 말한 선배는 험악한 눈매를 부끄러워하듯 옆으로 돌렸다.

"……나쁜 벌레가 꼬이는 걸 막는데 딱이겠지."

……아…….

어, 아, 아아아아아아~~~~!

"선배!!"

"어? 우왓—."

선배의 어깨를 확 눌러서…….

가까워진 입술에 나는 주저 없이 자기 입술을 포갰다.

감촉을 새기듯이 딱 10초 동안 입맞춤을 한 후, 나는 선배의 눈동자를 들여다봤다.

"졸업…… 축하드려요, 선배."

"고마워……."

퉁명한 어조로 대답하며 손등으로 입술을 가린 선배에게, 나는 웃어 보였다.

이렇게 귀여운 선배는, 나만 알고 있다.

이런 선배에게 어리광을 부리기만 하는 게 아니라 어리광을 받아주고도 싶다고…… 진심으로 생각했다.

"참고로 목걸이가 교칙 위반이라는 건 알고 있어요?"

"안 들키면 돼."

"저기요~. 그게 전년도 학생회장이 할 말인가요~?"

선배는 최고의 선배다.

그리고 나는 최고의 후배다.

알고 있을까.

10년이나 소꿉친구로 지내다 보면, 화이트데이의 선택지가 바닥난다는 것을 말이다.

처음에는 귀여웠다. 나는 10엔짜리 초콜릿을 줬고, 그 녀석은 30엔짜리 과자를 줬다. 항간에서 말하는 화이트데이 3배 답례를 믿은 것 같았다.

처음으로 수제 초콜릿을 준 것은 중학교 1학년 때로 기억한다. 그로부터 한 달 후, 그 녀석은 고급스러운 캔에 들어 있는 쿠키를 가져왔다. 부모님이 준비해준 것 같았다. 둘이서 게임을 하며 같이 먹었다.

나는 매년 초콜릿만 준비하면 되지만, 화이트데이는 품목이 정해져 있지 않기에 그 녀석은 매년 고생이 많은 것 같았다. 매년 쿠키나 캔디를 줘도 되지만, 작년과 똑같은 걸 주는 것을 자존심이 허락하지 않는 것 같았다.

마지막으로 받은 건 중학교 2학년 때다.

알파벳 모양의 쿠키였으며, 나란히 놓으면 메시지가 된다.

지금의 그 녀석을 봐선 상상도 안 될 만큼 세련된 연출이지만, 그것은 중학교 2학년 때의 예민한 감수성이 이뤄낸 일이리라. 개성에 집착하는 자의식이 때로는 좋은 방향으로 작용한 것 같았다.

두 시간 동안 고민한 끝에, 쿠키는 이런 문장을 자아냈다.

—『HUNT OKAY』.

헌트 오케이? 사냥해도 된다? 뭘? 혹시—.

다시 한번 말하지만, 이것은 중학교 2학년 때의 일이다.

감수성이 예민하고 지식이 부족하며 시야가 좁은, 내가 가장 문제가 많았을 적의 이야기다.

—혹시 내가 사냥당하는 거야?!

꺄아~ 꺄아~ 꺄아~! 하며 망상에 빠져들었지만 실은 『THANK YOU』가 정답이었다, 라는 허무한 결말이다.

두 시간이나 고민해놓고, 그런 간단한 답을 찾지 못한 나도 문제다. —분명, 조금이라도 느끼고 싶었을 것이다. 코~ 한테서, 소꿉친구 이외의 감정을 말이다.

그로부터 2년이 지났다.

결국 그 시절의 망상은 이뤄지지 않은 채 — 아니, 지나치게 이뤄진 결과 — 어찌어찌, 우리는 소꿉친구로서 3월 14일을 맞이했다.

나는 『다녀왔어』라는 말도 하지 않으며, 말없이 현관문을 열었다.

운동부 도우미를 하면서 알게 된 선배들을 졸업식에서 배웅한 후에 귀가하는 길이었다. 뒤풀이 혹은 송별회 같은 자리에 초대받기도 했지만, 나는 어디까지나 도우미였으니까. —정식 부원도 아닌데 그런 자리에 끼는 건 좀 아니다 싶어서 다른 볼일이 있다고 둘러대며 집으로 돌아왔다.

당연히, 내가 댄 변명은 이러했다.

—저기, 오늘은 3월 14일이니까…….

『남자냐?!』 하며 들러붙는 선배들을 『에헤헤』 하고 의미심장한 웃음을 흘려 떼어낸 후 무사히 집에 돌아오는 데 성공했다.

뭐, 딱히 거짓말은 아니다.

딱히 아무런 약속도 안 했다는 점을 말하지 않았을 뿐이다.

"하아……."

나는 난방을 켠 후, 코트를 벗고 소파에 벌러덩 드러누웠다.

나, 왠지 친구가 많은데도 혼자 있을 때가 참 많은 것 같아.

혹시 껍데기만 인싸인 걸까?

본성이 아싸에 가까운 편이라는 건 나도 인정하는 바이긴 한데…….

"유메가 그리워……."

LINE 보내볼까. 하지만 졸업식 관련 일을 하고 있을지도 몰라. 마키나 나스카한테 신경 써달라고 하는 것도 좀 그래.

……일단 옷부터 갈아입자.

졸업식에 참석하지는 않더라도, 학교에 가는 만큼 교복을 입었다. 탄력만으로 소파에서 몸을 일으킨 나는 리본을 풀고 블레이저를 벗은 후, 블라우스를 내던졌다. 그리고 소파에서 일어나서 치마에 달린 지퍼를 내린 후, 그대로 바닥에 흘러내리게 됐다.

마침 방 안이 훈훈해졌기에, 얇은 속옷과 팬티 차림인데
도 춥지 않았다. 방에 가서 갈아입을 옷을 가져오기 전에,
벗은 교복을 세탁기에 넣자.

발치에 흘러내린 치마를 발가락으로 잡아서 던지려던 바
로 그때였다.

"—여어. 돌아왔어?"

"어."

카와나미가 현관 쪽에서 얼굴을 내민 바람에, 조준이 흐
트러졌다.

머리 쪽으로 던지려던 치마가 그대로 날아가더니, 고리 던
지기를 하듯 카와나미의 목에 걸렸다.

"어."

목도리 도마뱀처럼 된 카와나미는 팬티 차림으로 발을 들
어 올린 상태인 나를 쳐다보며 말했다.

"미안해. 실수했어."

"그게 돌발 이벤트에 휘말린 남자애가 할 소리냐?"

좀 기뻐하라고. 여자애의 반라를 봤잖아.

심통이 난 나는 카와나미가 얼굴을 붉힐 때까치 팬티 차
림으로 있을까 했지만, 좀 추웠기에 방에 가서 옷을 입었다.

푹신푹신한 오버사이즈 셔츠는, 내 체격이면 거의 원피스

가 된다. 이래서는 다리가 서늘하기에, 무릎까지 오는 양말을 신어서 절대 영역을 만들었다.

팬티 노출을 각오한 무방비 실내복 코디다.

보일 듯하지만 보이지 않는 어둠의 공간을 보며, 아까 눈에 새겨진 팬티 차림을 상상하거라~.

"들어와도 돼~."

방 밖을 향해 그렇게 말하자, 카와나미가 경계심에 찬 표정을 지으며 문틈으로 얼굴을 내밀었다.

"왜 오늘은 방에서 보자는 거야……? 평소에는 거실에서 보잖아."

"오늘은 아빠와 엄마가 돌아올지도 모르잖아. 그러면 거북하지 않겠어? 코~♥"

카와나미는 벌레라도 씹은 듯한 표정을 짓더니, 무거운 발걸음으로 방 안에 들어온 후에 손을 등 뒤로 돌려서 문을 닫았다.

내 부모님과는 가족이나 다름없는 사이지만, 그렇다고 그들 앞에서 화이트데이 선물을 건네줄 만큼 간이 크지는 않을 것이다. 안 그래도 우리가 사귀었다는 사실을 숨기고 있으니 말이다.

카와나미는 침대에 걸터앉은 나를 향해 성큼성큼 걸어오더니, 「받아」 하며 포장이 된 길쭉한 상자를 내밀었다.

"화이트데이 답례야."

"오~. 내용물은 뭔데?"

내가 그것을 받으며 묻자…….

"마카롱이야."

카와나미는 담담한 어조로 대답했다.

"흐음~. 괜찮네. 나, 마카롱 좋아해."

"카드 봐."

카드?

살펴보니, 상자를 감싼 금색 리본에는 조그마한 카드가 끼워져 있었다. 이것은……. 나는 그것을 뺀 후, 뒤집어보았다.

―『오늘만 뭐든 해도 돼』.

카드에는, 그렇게 적혀 있었다.

"그게 올해 화이트데이 답례야."

카와나미는 우쭐대듯 팔짱을 끼더니, 우쭐대듯 선언했다.

"체질 때문에 너한테는 여러모로 신경을 쓰게 했잖아. 오늘 하루만은 참아보겠다는 거야. 자, 구워 먹든 삶아 먹든 마음대로 해!"

전장에서 고함을 치는 장수처럼 기세가 등등한 소꿉친구를 올려다보며, 나는 헛웃음을 흘렸다.

"……설마, 남자한테『선물은 바로 나♥』를 받을 줄은 몰랐어……."

"고문을 견디겠다는 이 남자다움을, 그딴 식으로 해석하지 말라고~."

이 남자는 내가 무슨 짓을 할 거라고 생각하는 걸까.

지그시 카드를 내려다보며 잠시 생각에 잠긴 후— 나는 침대에서 몸을 일으켰다.

"그럼…… 호의에 따르겠어."

"어디 해보라고."

카와나미는 팔짱을 풀더니, 얼마든지 해보라는 듯이 몸을 내밀었다.

나는 나보다 30센티미터는 키가 큰 남자의 몸을 가까이에서 살펴봤다. 상의는 겨울용 셔츠에 낡은 카디건, 하의는 오래 입은 탓에 색이 빠진 청바지였다. 옷 위로는 드러나지 않지만, 운동부 소속도 아닌데 매일 근력 운동을 하며 근육을 키우고 있다는 것을 나는 안다.

구워 먹든, 삶아 먹든…….

"왜 그래?"

"……."

카와나미가 그렇게 묻자, 나는 답하지 못했다.

뭐든 해도 된다, 는 건…… 어디까지 괜찮다는 의미일까?

오늘만은 참겠다 — 고문 — 그런 단어로 유추해볼 때, 알레르기가 일어나는 짓을 해도 된다……는 의미겠지만…….

큰일 났다.

죽도록, 가슴이 뛴다.

이제까지 신경을 써온 반동일까. 무슨 짓을 해도 된다는 말을 들으니 긴장이 되면서, 주저되더니, 머릿속이 새하얗게 됐다.

괘…… 괜찮아?

나…… 야한 짓 할 거거든?

아니, 물론 이런 건 장난에 지나지 않는다. 한도가 있다고 생각한다. 하지만……. 뭐든 해도 된다는 말을 들었다. 그렇다면, 15세 관람가 수준까지는…… 괜찮겠지?

손이 떨리지 않도록 조심하면서, 마카롱 상자를 책상에 내려놨다.

한계점을 알 수가 없다.

이 가게는, 대체 어디까지 오케이일까? 모르겠거든? 그런 건 좀 적어둬! 양복 차림의 무시무시한 사람이 나타난 후에는 늦는단 말이야!

머릿속에 버그가 발생한 것을 느끼며, 나는 침묵에 재촉을 받은 것처럼 손을 뻗었다.

손가락 끝으로, 옷 너머로, 가슴을 만졌다.

"으극. 이상하게 만지지 말라고."

너무 살며시 만진 바람에 간지러운 건지, 카와나미는 몸을 비틀었다. 아차. 너무 주저했다.

이번에는 손바닥으로 거침없이 만졌다. 여자애의 가슴과는 전혀 다른, 단단한 가슴이다. 평소에도 이 정도 신체접촉을 하니 딱히 신기할 게 없지만, 명확하게 엉큼한 마음을 품고 만진다는 사실 탓에 괜히 더 음란하게 느껴졌다.

신체검사다.

이 정도는 신체검사라고 생각하면 된다……. 노출 치료의 일환으로서 어디 나쁜 곳이 없는지 찾는 것뿐이다.

가슴에서 옆구리, 팔뚝을 만져봤다. 전혀 음란하지 않다. 완전 전체 관람가 수준이다. 의사 놀이를 음란하게 여기는 건 마음이 더러워진 어른뿐이다.

나는 의사다……. 전혀 부끄러워할 필요 없는 의료 종사자인 것이다…….

그럼, 옷 위로 만지기만 해선 안 되겠지?

거침없이 셔츠를 걷어 올렸다.

쫙 갈라진 복근이 보이지는 않았다.

군살 없는 복부가 보였고, 배꼽이 보였으며, 바지 위로 살짝 드러낸 트렁크 팬티가 보이더니…….

벨트가 보였다.

"헉—."

무의식적으로 벨트를 향해 손을 뻗으려 하다가, 나는 깜짝 놀라며 멈췄다.

위…… 위험했어~! 바지를 벗길 뻔했네~! 청소년 관람 불가가 될 뻔했잖아~!

안 된다.

더는 안 된다.

주도권을 넘겨받으니, 나쁜 내가 부활할 것만 같다. 유메와 아소 선배에게도 이야기할 수 없는, 남이 들으면 질색할 성욕 에피소드가 탄생할 것만 같다.

주도권을 쥐어서는 안 된다.

그렇다. 당초에는 그런 방침이었다.

뭐든 해도 되는 거라면ㅡ.

"어?"

내가 셔츠를 내리면서 거리를 벌리자, 카와나미는 의아한 표정을 지었다.

"이걸로 끝이야? 평범한 신체검사네~."

"응⋯⋯."

나는 다시 침대에 걸터앉은 후⋯⋯.

털썩.

그대로, 드러누웠다.

"그러니 이번에는, 네 차례야."

카와나미는 침대에 드러누운 나를 내려다보며 눈을 치켜 떴다.

뭐든 해도 된다고 했으니, 이러는 것도 한 방법이다.

내가 주도권을 쥐면 폭주해버리지만, 이 녀석이라면 선을 넘지는 않을 테고ㅡ 만약, 이 녀석이 이성을 잃더라도⋯⋯.

……뭐.

그것도…… 나쁘진 않아.

"왜 그래?"

굳어버린 카와나미를 올려다보며, 나는 놀리듯 빙긋 웃었다.

"남자다움은 다 어디 간 건데? 응?"

카와나미의 볼에 경련이 일어났다.

마치 낚싯바늘에 걸린 생선 같았다.

"……신체검사를 하라는 거지?"

"응. 구석구석까지 말이야."

진짜로 구석구석까지 하면 곤란한데도, 내 입에서는 그런 도발적인 말이 튀어나왔다.

그 덕분인지, 카와나미는 내가 누워 있는 침대에 무릎을 얹었다. 끼익, 하며 침대가 살짝 삐걱거렸다. 남자의 체중 탓에 시트가 구겨지는 가운데, 카와나미는 나를 덮치는 듯한 자세를 취했다.

카와나미의 입술이 메말랐다.

공기가 건조한 걸까. 아니면…….

"……한다?"

"일일이, 물어볼 필요 없거든?"

내가 여유 넘치는 대사를 입에 담자, 카와나미는 머뭇거리는 손길로 내 복부를 향해 손을 뻗었다.

푹신푹신한 오버사이즈 셔츠 위로 내 배를 만졌다. 천이 두꺼워서 그런지, 감촉이 느껴지지 않았다.

"뭘 움츠러들고 그래?"

나는 품 하고 비웃음을 흘렸다.

"실은 더 만져보고 싶은 곳이 있지 않나요~? 의사 선생님~?"

"인마, 너무 메스가키스러운 거 아냐?"

그딴 건 모른다. 대체 어떤 속성인 걸까.

"참고삼아, 좋은 거 가르쳐줄까?"

"뭔데?"

"나, 지금 브래지어 안 했어."

"⋯⋯."

카와나미는 5초가량 침묵했다.

"⋯⋯애초에 필요 없잖아."

그렇게 뜸 들이고 허세를 부려봤자 의미 없거든?

"진짜로 필요 없는지, 확인해보는 게 어때? 의외로 꽤—."

"아니, 없어."

"단언하지 마."

진짜로 있단 말이야! 네가 생각하는 것보다는!

"잔말 말고 빨리 확인이나 해~!"

"앗, 잠깐!"

나는 카와나미의 손을 잡은 후, 억지로 내 왼쪽 가슴에 댔다.

카와나미의 사내답고 투박한 손이, 옷 너머로 내 가슴을 감쌌다.

"자…… 어때?"

크기를 확인하려는 듯이, 카와나미의 손가락이 꿈틀거렸다.

"그게…… 옷 위로는, 모르겠어."

나는 그제야, 내가 범한 실수를 눈치챘다.

왼쪽 가슴이 아니라, 오른쪽 가슴에 손을 댔어야 했다.

왜냐하면, 왼쪽이면—

—두근두근두근.

"정말…… 모르겠어?"

—두근두근두근두근두근.

"듣고 보니…… 좀, 부드러운 게 만져지는 것도 같네."

—두근두근두근두근두근두근두근두근두근.

격렬하게 돌고 있는 혈액 탓에, 뇌가 정상적인 판단을 내리지 못했다.

카와나미의 입술이 메말랐다.

왠지 좀 아파 보여……. 립글로스라도 바르면 좋을 텐데…….

"하지만, 옷의 감촉과 구별이 안 되는데……."

카와나미의 입술이 메말랐다.

오늘은 뭘 먹었을까……. 내 점심은……. 아마 괜찮을 거야…….

"애초에, 가슴 크기에 집착하는 건 어린애 같달까……."

코~의 입술이 메말랐다.

나는 자기 입술을 적셨다.

"그리고, 슬슬 팔이 피곤—."

"—하응!"

가슴에 닿아 있는 팔에 힘이 들어가자, 나는 그 자극 탓에 새된 신음을 흘렸다.

"앗, 미안—."

코~가 동요하면서, 침대를 짚고 있던 손을 옮겼다.

하지만, 내 침대는 작아서…….

손을 옮긴 장소에는, 아무것도 없었기에…….

—미끌, 하면서 코~의 손이 그대로 쑥 빠졌다.

"위험—."

코~가 균형을 잃었다.

내 몸 위로 쓰러지려 했다.

허둥지둥, 침대를 다시 짚었다.

코~의 얼굴이 다가오면서, 그의 숨결이 내 입술에 닿은 순간…….

그는 움직임을 멈췄다.

"—해."

미안해.

더는, 못 참겠어.

나는 코~의 목에 팔을 두르며, 메마른 그의 입술을 빨았다.

"윽—?!"

깜짝 놀라며 꿈틀거리는 코~를 양손으로 억누르며, 입술을 포갰다.

"하아, 으응……."

숨이 차면 잠시만 뗀 후, 다시 입술을 포갰다.

넘쳐 나오는 마음을 상대에게 불어넣듯 몇 번이나, 몇 번이나, 입술을 포갰다.

오랜만에 포갠 입술은 딱딱하게 메말라 있었기에 따끔거렸다.

그런데도 관둘 마음은 생기지 않았다. 뭔가에 홀린 것처럼 나는 열심히 키스했다.

"하아, 후우……."

몇 번째일까, 몇 분 후일까.

겨우 이성을 되찾은 나는 코~한테서 얼굴을 뗐다.

코~는 놀란 표정을 짓고 있었다.

눈을 치켜뜨고 입술을 반쯤 벌린 채, 아연실색하고 있었다.

"하아…… 하아……."

호흡이 거칠어진 점은, 나와 마찬가지였다.

그 숨소리를 몇 번이나 들으면서, 나는 천천히 손등을 입술에 댔다.

"미안한데……."

그 손으로 얼굴을 숨기며, 눈을 돌려 마음을 감추며…….

"지금은…… 내 얼굴, 보지 마……."

겨우겨우 쥐어짜 낸 말은, 폭거에 대한 사죄가 아니었다.

"내 얼굴, 보면…… 아마, 토할, 거야……."

지금의 내 얼굴은…….

아마, 최근 1년 들어 가장— 여자 같을 것이다.

"그래……."

카와나미는 작게 숨을 토하더니, 천천히 몸을 치웠다.

멀어져가는 그의 얼굴을 곁눈질로 쳐다보니, 이미 안색이 나빠져 있었다.

"미안해. 나…… 일단 돌아갈게……."

"……응. 그편이 좋겠어……."

침대 위에서 몸을 동그랗게 말고 있는 나를 내버려둔 채, 카와나미는 방을 나섰다.

홀로 남은 방에서, 나는 한동안 천장을 올려다보며 달아 오른 몸이 식기를 기다렸다.

……사고 쳤어.

그도 그럴 것이, 저 녀석이 그런 소리를, 하면…… 그런 짓, 하는 게 당연하잖아…….

키스 정도로 끝낸 게 기적이라 말하고 싶다. 저 녀석이 전혀 저항하지 않으니까, 그대로 끝까지 가버리는 줄—.

"어라……?"

나는 아까 본 장면을 떠올리며, 고개를 갸웃거렸다.

"너무 늦게, 안색이 나빠진 거 아냐……?"

예전 같았으면 알레르기로 기절해버리고도 남을 짓을 했
는데— 저 녀석, 멀쩡히 자기 발로 돌아갔잖아.

"……."

호전됐어.

예전보다, 호전된 거야.

쿠레나이 스즈리 ◆ 손에 넣은 것

중학생 시절, 문화제에서 반을 지휘한 적이 있었다.

능력만 보면 당연했다. 모두가 나를 지지했고, 나 또한 당
연한 듯이 그 역할을 맡았다.

나는 아직, 몰랐던 것이다.

자신이 완벽한 인간이 아니라는 것을…….

—저기, 쿠레나이 양! 여기는 이렇게 하는 편이 좋을 것
같은데…….

—좋은 생각인걸. 하지만 전체적인 균형이 무너지고 작업
공정도 늘어나.

—그렇구나…….

—쿠레나이 양, 남자들이 싸워……!

―시간 낭비다. 내버려둬. 대신 이쪽 일을 도와.

―어…… 아, 알았어…….

덕분에, 기획은 만족스러운 완성도에 도달했다.

평가도 좋았다.

하지만, 지금이라면 알 수 있다.

그녀는 전체적인 균형보다 하고 싶은 일을 하고 싶었던 것이다.

그녀는 작업의 효율보다 모두가 사이좋기를 바랐던 것이다.

회사에서라면 내 일 처리는 완전무결했을지도 모른다. 하지만 그곳은 학교였으며, 우리가 하는 건 문화제였다.

―쿠레나이 양은, 자기가 가장 옳다고 여긴다니깐.

험담을 들은 적이 있다.

―우리가 하는 말은 들을 가치도 없다는 것만 같아.

―그래. 그럼 혼자 다 하면 되지 않아?

―이번 문화제, 정말 시시했다니깐…….

그것은 일부의 의견이 아니다.

그 증거로, 내 주위에서는 서서히 사람이 사라졌다.

나는― 올바른 일을 했을 뿐이다.

하지만 아무도…… 올바름을 바라지 않았다.

나는 내가 가장 옳다고 생각한다.

나는 내가 가장 유능하다고 생각한다.

그 자부심은 흔들리지 않는다. 그것을 흔들만한 상대를 아직 만나지 못했다.

그래도— 완벽하지 않다는 것만은 알고 있다.

나에게는 타인을 인정하는 능력이 부족하다.

자신을 부정하면서까지 타인의 무언가를 존중하는 능력이—.

—그럴 때, 발견했다.

남들 몰래 타인의 잡일을 해주는 존재감 없는 남자를.

—하바.

자신의 부족한 부분을 채워줄 마지막 조각.

—너만이 할 수 있는 일이 있다.

거만하게 그 역할을 떠넘겼지만, 그게 전부가 아니게 됐다.

—죠.

자기가 할 수 없는 일을 해내서가 아니다.

—좋아합니다. 저와 사귀어 주세요.

너라는 존재가 눈부셔 보였다.

나 같은 애를 따라와준다. 다른 이들은 인정하면서 자기 자신만은 인정하지 못한다. 그 낯간지러운 흠모도, 짜증스러울 만큼 배배 꼬인 면도, 전부 눈부셔 보였다.

너는 나보다 올바르지 않다.

너는 나보다 유능하지 않다.

그런데도 너는 나보다 눈부셔 보인다.

아아, 눈부셔. 다른 누구도 눈치채지 못해. 객관적으로는 존재하지 않아. 그런 빛에 눈이 먼 나머지, 나는 환각이라도 보고 있는 게 틀림없어.

하지만, 그런 것을 사랑이라고 부르잖아?

참고 자료에는 실려 있지 않다. 아무리 검색해봐도 나오지 않는다.

누구보다 올바른 내가— 그 무엇보다도 올바르다고 믿어 의심치 않는다.

이것이 대답이다.

이것이, 너만이 할 수 있는 일이야.

접이식 의자도 녹색 장판도 치우자, 체육관은 완전히 원래 모습으로 되돌아갔다.

나는 아무도 없는 공간을 무대 가장자리에 걸터앉아서 쳐다봤다.

약간의 달성감이 느껴졌다. 아직 입학식이 남았지만— 임기도 반년이나 남아 있지만— 학년말이라고 하는 한 학년에 단락을 짓는 시기를 맞이하면서 회장으로서 뭔가를 해낸 듯한 느낌이 들었다.

……우는 선배가 잔뜩 있었지.

졸업식이라는 행사에서는 행사를 준비하는 이의 개성이 드러나지 않는다. —하지만, 그래도 중학생 때보다는 조금이나마 나아진 듯한 느낌이 들었다.

내년, 내가 그들의 입장이 됐을 때는, 그들과 마찬가지로 울 수 있을까?

이 고등학교에서 지낸 3년을— 눈물을 흘릴 만큼 소중히 여길 수 있을까?

"······가능성은 낮겠지."

작은 목소리로 중얼거리며 자조했다.

자기 성격은 자기가 가장 잘 안다. 나는 꽤 매정한 사람이다. 울지 않을 거라고 말해놓고 우는 타입인 아이사와는 다르다······.

바로 그때, 무대 옆의 출입구가 드르륵 하는 소리를 내며 열렸다.

나밖에 없는 체육관에 한 사람의 발소리가 울려 퍼졌다.

"쿠레나이 씨······ 이리도 양과 아스하인 양은 돌아갔어요."

죠의 평소와 마찬가지로 소극적인 목소리가 아무도 없는 체육관에 울려 퍼졌다.

"그래."

나는 짤막하게 대답한 후, 무대 가장자리에 계속 앉아 있었다.

죠는 나와 3미터 정도 떨어진 곳에서 멈춰서더니, 내 얼굴을 올려다봤다.

"올해 활동은, 이것으로 끝이군요."

"맞아. 다음은 4월의 입학식인가."

"……."

죠는, 뭔가를 기다리듯 침묵했다.

아니, 그렇지 않나.

죠처럼 숙련되지는 않았지만, 나도 다소는 인간 관찰을 터득했다. ─쭉 곁에 있던 그의 미세한 표정 변화도 눈치챌 수 있다.

그는…… 망설이고 있다.

한 걸음 내딛는 것을─ 한 걸음 다가서는 것을…….

그것만으로도 크나큰 진보라고 나는 생각한다. 용기를 낼지 말지─ 그 선택지 앞에도 그는 서지 않았다. 도전하지 않아도 소망하지 않아도, 그의 삶은 정해져 있다. 결단이라는 크나큰 일을 치르지 않더라도 그의 인생은 충실할 것이다.

그 이상을…….

바라는 것을─ 바라게 되는 것을…….

그가 고민하고 있다는 것만으로도…… 나에게 있어서는 그 무엇보다 크나큰 성과다.

나는 희미하게 씰룩이는 입술로 차가운 공기가 감도는 체육관을 향해 숨결을 토한 후…… 조용히, 먼저 입을 열었다.

"처음과, 똑같은걸."

"네?"

나는 무대 가장자리에서 내려갔다.

기분 좋게 울려 퍼지는 착지음이, 이 체육관을 독점한 듯한 만족감을 자아냈다.

"아무도 없는 쓰레기장 앞에서 너에게 말을 걸었을 때와— 그때는 아이사도 유메 양도, 란 양과 회장과 서무 선배도, 아무도 없었지. 너와 나, 단둘뿐이었다."

방금까지 앉아 있었던 무대 가장자리를 손으로 훑듯 쓰다듬으면서, 나는 말을 이었다.

"한쪽 발을 찾은 듯한 기분이 들었다. 팔 따위가 아냐. 그것보다 더 중요한, 걷기 위해 꼭 필요한 다리 말이다. 너만 있으면, 나는 어디까지든 걸어갈 수 있을 거란 생각이 들었어."

자연스럽게 떠오른 자조 섞인 미소를, 죠를 향해 지어 보였다.

"처음에는— 그 정도였어."

네가 과대하다고 말한, 그 평가는…….

나에게 있어서는, 과소 그 자체였다.

"너는 나에게, 타인을 아는 법을 가르쳐줬어. 내 오만함을 고쳐주고, 적절한 동료를 만드는 법을 가르쳐줬지. 하지만 그 이상으로— 네 낮은 자기 평가에 안타까움을 느꼈고, 깊은 배려에 사랑스러움을 느꼈으며, 그 문란함과는 담쌓은 듯한 행실에 분노마저 느꼈어."

죠를 똑바로 쳐다보며— 나는 말했다.

"전부— 처음이었거든?"

우연이라고, 너는 말할지도 모른다.

더 어울리는 누군가와 자기보다 먼저 만났더라면— 그런 정론을 늘어놓으며 나를 논파할지도 모른다.

하지만…….

현실에서 만난 건 바로 너다.

그 어떤 우연의 산물일지라도, 그것이 유일한 사실이다.

설령, 그 사실이 최선이 아닐지라도…….

현실에서 만난 너야말로 최선보다 나은 최고였다고, 나는 가슴을 펴고 말하리라.

"어때?"

한 걸음.

"마지막 어필 타임인데 말이다."

두 걸음.

"이제, 믿어져?"

세 걸음.

내 쪽에서, 죠에게 다가갔다.

분명 여기가 내가 다가설 수 있는 한계 지점이다.

남은 세 걸음은, 상대방이 다가와주지 않으면…… 의미가 없다.

"……저는……."

숨을 한 번 쉰 후, 죠는 입을 뗐다.

"저한테 가치가 있다고, 생각해본 적이 없어요. 별 이유도 없이…… 그게 당연한 것처럼…… 어릴 적부터, 여겨왔죠."

더듬더듬, 이제까지 뒤처진 것을 만회하려는 듯이 죠는 이야기했다.

"하지만…… 아마 그건 누구나 마찬가지일 거예요. 자기 가치를 처음부터 아는 사람은 없어요……. 어릴 적에는 어리광을 받아주는 어른들 곁에서 착각에 빠지지만, 곧 진짜를 발견하게 되죠……. 그것은 분명, 쿠레나이 씨— 당신도 마찬가지일 거예요."

죠의 목소리에 한숨이 섞였다.

"처음부터 다르다고 생각했어요……. 저와 그들은, 처음부터 가지고 있는 게 다르다고……. 하지만, 그래요. —다른 건, 손에 넣은 것이에요. 아소 씨와, 이리도 양…… 호시베 선배, 그리고 쿠레나이 씨— 당신들이 점점 변하는 모습을 보면서, 좋든 싫든 깨달을 수밖에 없었어요……."

그리고, 하고 죠는 말을 이었다.

"저는— 배경이면 돼요."

힘차게, 망설임 없이…….

"그 대답에는 변함없어요. 저는 그런 자기 자신에게, 긍지를 가지고 있어요. 누군가의 배경일 수 있다는 것이 얼마나 멋진 건지, 누구보다도 잘 알죠—. 그저 눈치챘을 뿐이에요.

그것은 주어진 것이 아니라 제가 직접 손에 넣은 것이라는 것을요."

하바 죠지.

라쿠로 고교 학생회에서— 아니, 이 고등학교의 그 누구보다도 존재감이 없는 남자.

그런 그가, 지금…….

아무도 없는 체육관에서— 압도적으로, 확고하게, 당당히!

자신의 존재를 주장하고 있다.

"쿠레나이 씨…… 저와 당신은 어울리지 않아요."

가슴이 철렁해야 하는 말을 들었지만, 내 몸은 정반대의 반응을 보였다.

가슴이 격렬하게 뛰었다.

"하지만…… 제가 손에 넣은 것은— 제 생각과는 달랐어요."

죠의 일거수일투족, 입술의 움직임 하나하나에서 눈을 뗄 수 없다.

"당신은, 저에게 없는 것을 전부 가지고 있으며…… 연극의 주역처럼, 찬란히 빛나고 있어요. 하지만……."

한 걸음.

"무대 뒤편에 있는 저를, 보잘것없는 들러리를, 찾아냈어요."

두 걸음.

"언제부터냐고 묻는다면, 그건— 뻔해요."

세 걸음.

"처음부터, 좋아했어요."

눈앞에 서서…….

내 손을 가볍게 잡더니…….

초콜릿이 들어 있는 조그마한 꾸러미를, 내 손바닥 위에 뒀다.

"……얼버무리기만 해서, 죄송해요."

고개를 숙이며 우물쭈물 덧붙이듯 말한 그 말만은, 익숙한 죠의 평소 말투였다.

나는 빙긋 웃으면서, 숙이고 있는 죠의 얼굴을 들여다봤다.

"수제 초콜릿?"

"으음, ……같은 것으로 답례하는 것 말고는 적당한 방법이…… 생각나지 않아서……."

죠가 아까까지의 존재감이 전부 거짓이었던 것처럼 기어들어가는 목소리로 그렇게 답하자, 나는 또 웃음을 흘렸다.

"같은 것……이라면, 그런 의미로 받아들여도 괜찮은 거지?"

사귀어 주세요, 하고 말하면서 나는 초콜릿을 건넸다.

그리고 죠 또한 같은 것으로 답했다.

귀까지 빨개진 죠가 우물쭈물하며 말했다.

"뭐…… 그렇게 생각해도 돼요……."

"그럼, 해야 할 게 하나 있지 않을까?"

나는 초콜릿을 쥔 손을 죠의 허리에 대면서, 몸을 맞댔다.

"어, ……아……."

"이제까지 내가 애간장을 태우게 했잖아. 좀 성급해도 괜찮지 않으려나?"

서로의 숨결이 느껴질 거리에서 응시하자, 죠는 시선을 이리저리 돌리면서 몇 초 동안 눈을 꼭 감았다.

"그……럼……."

죠가 결심을 한 것처럼 눈을 뜨자, 나는 자연스럽게 눈을 감았다.

그러자 죠는—.

—꼬옥, 내 온몸을 힘차게 끌어안았다.

"……."

"으……."

등 뒤로 두른 죠의 팔이 딱딱하게 굳어진 게 느껴지자, 나는 소리를 내지 않으며 웃었다.

……키스를 해달라고 한 건데 말이지.

뭐, 됐나. —죠가 이렇게 안아주는 것도 처음이다.

우리는 아무도 없는 체육관 한복판에서 몇 초나, 몇 분이나, 포옹을 나눴다.

이리도 유메 ◆ 사랑의 골은 어디에 있을까

학교에서 돌아와 방에서 옷을 갈아입은 후, 부모님에게

들키지 않게 밖으로 나갔다.

딱 봐도 신경 쓴 티가 역력한 데이트 복장을 부모님이 본다면 괜한 추측을 할 게 뻔하며, 약속 시간에 늦을지도 모른다. 그런 위험 부담을 생각하면 교복 위에 코트만 걸치고 간다는 선택지도 있지만, 역시 데이트에는 제대로 된 복장으로 임하고 싶다.

오늘은 미즈토와 화이트데이 답례 데이트를 한다.

기말고사와 졸업식이 이어지는 학생회 임원의 정신없이 바쁜 시기를 잘 마무리 지은 것을 축하하는 의미도 담겨 있는 것 같았다. 이런 이벤트를 미즈토가 제안하니, 우리가 진짜로 사귀고 있다는 실감이 나서 감개무량했다.

우리는 둘이서 외출할 때, 평소 생활권에서 벗어난 곳을 만나는 장소로 삼는다. 부모님은 물론이고, 학교 사람들의 눈에 띄어도 곤란하기 때문이다. 여차하면 남매가 사이좋다는 식으로 둘러댈 수 있을지도 모르지만, 그런 여차하는 상황은 찾아오지 않는 편이 좋다.

카라스마 오이케역에서 전철을 타고 산죠역으로 향했다. 겨우 몇 분 거리를 전철로 이동하는 게 좀 아깝지만, 오늘 비용은 미즈토가 부담하는 것 같았다. 괜히 사양하지 않는 것도 얻어먹는 쪽의 올바른 태도다.

……뭐, 그 남자는 히가시라 양의 가정교사를 하며 돈을 벌고 있잖아. 양다리의 대가치고는 싸게 먹히는 것 아니겠어?

전철 안에서, 미즈토에게 연락했다.

〈곧 도착해〉

전철에서 내렸을 때, 답장이 왔다.

〈북오프에서 시간 때우고 있어〉

데이트하러 온 사람치고 무드가 너무 없었다. 그래도 미즈토답기는 한가.

지하철의 개찰구를 지나서 에스컬레이터를 타고 올라간 후, 위층에 있는 북오프로 향했다. 이 역 빌딩은 1층부터 3층까지 전부 북오프지만, 미즈토가 어디 있을지는 짐작이 됐다.

3층의 문고 서적 코너에 가보니, 친숙한 뒷모습이 눈에 들어왔다.

다가간 후, 작은 목소리로 말을 건넸다.

"나 왔어."

"응."

미즈토는 나를 힐끔 쳐다보더니, 들고 있던 책을 책장에 꽂았다.

"안 사?"

"낙서가 되어 있었어."

"아……."

중고 책에는 이따금 낙서가 되어 있을 때가 있다.

"어떤 낙서였어?"

"안 보는 편이 나아."

"왜?"

"초등학생의 음담패설이거든."

"아하……."

그런 것도 본 적이 있다. 도서실의 사전 같은 것에서…….

"일단 나갈까."

아무튼, 서점은 이야기를 나누기 좋은 장소가 아니다. 우리는 조용한 가게를 나섰다.

빌딩 밖으로 나가서 건널목을 건너자, 산죠대교가 보였다. 양파 같은 형태의 장식물이 같은 간격으로 설치된 목제 난간을 따라 걸으며, 카모 강을 건너 번화가 방면으로 향했다.

"중학생 때부터 생각했던 건데……."

다리를 건너는 도중에, 미즈토가 갑자기 입을 열었다.

"나는 번화가에서 노는 쪽으로는 재주가 없어."

"……응. 왠지 그런 것 같았어."

나는 쓴웃음을 머금었다.

당시의 우리가 한 데이트가 거기서 거기였단 이야기는 몇 번이나 했지만, 미즈토에게는 번화가에 가서 논다는 행위 자체에 흥미가 없는 것 같았다.

번화가에 둘이서 가더라도, 뭘 하면서 놀면 좋을지 몰랐다.

아니, 대체 뭐가 즐거운지 모르겠다. ―집에서 책이나 읽는 편이 더 즐겁지 않을까?

당시에는 여친 앞이라 그런 말을 안 했지만, 가족으로서 1년가량 같이 지낸 지금은 알 수 있다. ―이 남자는 마음속으로 그렇게 생각한 게 틀림없다.

　"수족관은 꽤 즐기는 것 같았는데 말이야."

　"그건…… 수족관이 우수해서야."

　그런 것으로 해두자. 실제로 『물고기를 구경한다』라고 하는 확고한 목적이 있는 만큼, 즐기는 난이도는 낮다고 생각한다.

　"아무튼, 나도 데이트 신청을 한 사람으로서 여러모로 생각해보기는 했는데……."

　"했는데?"

　"포기야. 도저히 모르겠어."

　데이트 계획 짜기를 단념한 남자.

　바로 제 남친이랍니다.

　"그럼 오늘은 노 플랜인 거야?"

　"플렉시빌리티를 중시했다고 말해줘."

　"후후훗."

　내가 의기양양하게 웃음을 흘리자, 미즈토는 미심쩍은 눈길을 머금었다.

　"아무래도, 이 1년 동안의 너와 내 생활 태도의 차이가 드러난 것 같네."

　"……일단 물어보겠는데, 뭘 가지고 잘난 체를 하려는 거야?"

"못난 남친에게 내가 가르쳐주겠어. 서점과 도서관 이외의 장소에서 노는 법을 말이지!"

미즈토는 항복한다는 듯이 「잘 부탁해……」 하고 말하며 내 말에 순순히 따르기로 했다.

나는 그런 그의 팔을 확 잡으면서…….

"미즈토."

이 1년 동안 내가 쌓은 자신감을 미소에 담았다.

"오늘은 즐거워하는 나를 보며 즐기도록 해."

미즈토는 아까보다 항복 의사가 더 진하게 묻어나는 미소를 입가에 머금었다.

아케이드 상점가를 걸으면서, 우리는 눈에 들어온 가게에 차례차례 발을 들였다.

"어때? 이 옷, 귀여워?"

"네가 귀엽다고 생각한다면, 귀여운 것 아닐까?"

"땡~. 그게 아냐! 네 취향을 묻는 거야! 『당신 취향에 맞춰주고 싶은데, 어떤가요?』라는 게 방금 독해의 정답이거든?! 내가 좋아하는 걸 살 거라면 물어보지도 않고 샀을 거야!"

"대체 언제부터 국어 시험을 치기 시작한 건데?"

「그렇다면」 하고 말한 미즈토는 다른 옷을 손에 쥐더니, 내 몸에 대봤다.

"이게 괜찮은 것 같네."

"그래? ……취향이 좀 바뀐 거야?"

예전의 미즈토는 여자애 느낌이 물씬 나는 청초한 디자인을 좋아했다. 하지만 지금 내 몸에 대본 것은 아카츠키 양이 때때로 추천하는, 차분한 디자인의 니트웨어였다.

"뭐, 키도 컸잖아. 옛날 같은 옷은 좀 아닌 것 같거든."

나는 눈을 가늘게 뜨면서 미즈토의 얼굴을 지그시 쳐다봤다.

그 시선을 본 미즈토는 움찔하더니…….

"왜…… 왜 그래?"

"모르나본데, ……남자의 패션 감각이 갑자기 변하면 다른 여자를 신경 쓰는 느낌이 드는 법이야. 적어도 나는 그래."

미즈토는 찔리는 구석이 있는 것처럼 눈길을 돌렸다.

"역시 히가시라 양이구나."

"아니…… 내 변명 좀 들어봐."

"어디 해보지 그래?"

"걔의 그림 자료를 모으다 보니, 여성 패션을 조사할 기회가 많아졌어……. 그래서, 저기…… 너한테는 이런 게 어울리겠다, 싶은 생각이…….'"

"흐~음?"

웬일로 궁색한 표정을 짓고 있는 미즈토를 마음껏 감상한 후, 나는 미소를 머금었다.

"뭐, 용서해줄게. 그 말은 내 생각을 많이 했다는 거잖아?"

"······그래. 맞아······."

미즈토가 졌다는 듯이 한숨 섞인 목소리로 그렇게 말하자, 나는 씨익 웃었다.

"하지만 데이트 도중에 다른 여자를 생각나게 만드는 건 엄금이야. 명심해둬!"

"네가 멋대로 그런 생각을 하는 것까지 어떻게 하냐고."

"힘내."

"불합리해······."

웃음을 흘리며 미즈토를 놀린 후, 나는 그가 권한 니트웨어를 그 자리에서 샀다. 미즈토가 돈을 내려고 했지만, 이걸 화이트데이 답례로 삼는 건 아쉬웠다.

"이번에는 이 상의에 어울리는 바지를 찾으러 가자."

"웬만한 건 다 어울릴 것 같은데 말이야."

"그렇긴 한데, 기왕이면 상하의를 다 새로 맞추고 싶어."

나는 고개를 살짝 갸웃거리며 말했다.

"자기가 고른 옷만 입은 여친, 보고 싶지 않아?"

"······너, 정말 약아빠진 애가 됐구나."

"한 꺼풀 벗고 성장했다고 말해줬으면 좋겠네."

남친이 어렴풋이 드러내는 정복 욕구를 즐기면서, 우리는 상점가를 돌아다녔다.

우리는 한 지붕 아래에서 사는 커플이지만, 동거하는 커플과는 근본적으로 다르다.

왜냐하면 한집에서 사는 부모님에게는 우리의 관계를 숨기고 있기에, 집 안에서는 꽁냥거리지 않는다. —그렇다고 해서 공공장소에서 애정행각을 벌일 수도 없다.

그런 우리가 좋은 시간을 보내기 가장 적당한 장소는 어디일까.

우리는 이 두 달 반 동안, 그 답을 찾아냈다.

인터넷 카페의 커플 시트다.

"왠지 마음이 복잡해."

시트 위에 무릎을 끌어안으며 앉은 나에게, 미즈토는 방의 문을 닫으며 물었다.

"왜?"

"인터넷 카페에서 만나자는 아이디어도, 히가시라 양과 와 본 적이 있어서 생각난 거지? 이미 히가시라 양의 그림자가 어른거리는 이 상황에서, 저는 참담함을 금할 수가 없습니다."

미즈토는 쓴웃음과 비위 맞추는 미소가 합체한 듯한 어중간한 표정을 지었다.

그리고 내 옆에 앉더니…….

"나로서는 성의를 다하기 위해 그 푸념을 들어줄 수밖에 없지만…… 예산과 조건을 생각하면 더할 나위 없는 장소인 건 맞잖아?"

"그렇긴 하지만~."

내가 계속 퉁명한 반응을 보이자, 미즈토는 자기 어깨로 내 어깨를 슬쩍 밀었다.

"이사나와 같이 온 건 딱 한 번뿐이야. 너와 온 건 이번으로 세 번째지. 이미 네가 이겼어."

나는 앙갚음을 하듯, 미즈토의 어깨에 몸을 기댔다.

미즈토는 그런 나를 지탱해주려는 듯이, 등에 손을 둘렀다.

—히가시라 양을 건드린 만큼, 나도 건드려달라.

그런 어린애 같은 약속을, 미즈토는 성실하게 지켜주고 있는 걸지도 모른다.

그렇기에…… 나는 자연스레 떠올리고 말았다.

실은 예전에, 히가시라 양에게 세세하게 캐물어본 적이 있다— 미즈토와 히가시라 양이 인터넷 카페에 왔을 때의 일을 말이다.

그때 일어났던 사소한 사고도 들었다.

"……"

나는 미즈토의 얼굴을 몰래 쳐다봤다.

미즈토는 그런 옛날 일을 기억하지 못하는 것처럼, 앞에 있는 마우스를 향해 손을 뻗어서 컴퓨터를 켰다.

"뭐라도 볼래?"

나는 무심코, 몸을 뺐다.

몸을 앞으로 뻗은 미즈토의 팔에…… 내 가슴이, 닿을 것만 같았다.

"으…… 응. 그럼, 아무거나……."

나만 상대를 의식하는 상황 속에서, 조그마한 밀실 속에서의 시간이 흘러갔다.

인터넷 카페에서 우리가 하는 건 평범한 일이다. 컴퓨터로 동영상을 보거나, 챙겨온 소설을 읽거나, 혹은 만화를 보기도 했다.

중학생 때 도서관에서 하던 일을 더 밀착한 채, 더 자유롭게 하는 듯한 시간이었다.

꼭 대화를 나누는 건 아니다.

가족으로서의 시간을 보내는 우리에게 있어, 침묵은 공포가 아니다.

그저, 남들 눈길을 신경 쓰지 않으며 자기 자신에게 솔직해질 수 있는— 그런 시간일 뿐이다.

……그렇기에…….

그렇기에— 연인으로서, 밀실에서가 아니면 할 수 없는 일도…… 할 수 있다.

아니, 물론 야한 짓을 하면 안 된다는 건 안다. 방음도 제대로 안 되어서, 목소리를 낮추지 않았다간 밖에서 다 들릴 정도다. 하지만, 뭐…… 이렇게 좁은 곳에서 몸을 밀착시키고 있으면, 사고가 얼마든지 일어날 수 있는 법이니까…….

"……."

미즈토의 얼굴을 힐끔힐끔 쳐다보며, 슬쩍 손을 잡았다…….

미즈토는 내 얼굴을 힐끔 쳐다봤다. 그 후, 천천히 나와 손을 맞잡았다…….

이 정도라면…… 괜찮다.

엉덩이를 옆으로 살짝 옮기면서 몸을 더 밀착시켰다. 그리고, 미즈토 쪽으로 아주 약간 체중을 실었다.

아직 괜찮아…… 아직 괜찮아…….

맞잡은 손을, 천천히 놓았다. 그리고 그 손을, 미즈토의 허리에 머뭇머뭇 둘렀다. 이런 식으로 해줬으면 한다고…… 말이 아니라 행동으로, 애원하듯이…….

"……"

"……"

말이 아니라 분위기로, 우리는 서로의 의도를 파악했다.

이윽고 미즈토 또한, 머뭇머뭇 내 허리에 손을 둘렀다. 등 뒤에서 내 옆구리에 손을 대더니, 끌어안듯 힘을 줬다.

……괜찮다.

아직, 분명, 괜찮다.

내가 조금만 자세를 흐트러뜨리면, 미즈토의 손이 미끄러지면서…… 내 가슴에 닿을지도 모른다.

하지만, 그것은 어디까지나 사고니까…… 괜찮아…… 괜찮아…….

미즈토의 손이 서서히 위쪽으로 미끄러졌다.

그 손은 이윽고 옷 위에서 내 갈비뼈를 훑듯이 만지더

니…… 이윽고, 내 가슴의 아래편으로—.

"아—."

갑자기 미즈토가 입을 열자, 나는 흠칫하며 부르르 떨었다.

"왜, 왜 그래?"

"시간이 다 됐어. ……어떻게 할래?"

미즈토가 쳐다보자, 나는 우물쭈물했다.

어떻게 할래…… 라니…….

연장하자, 라고 말하면 어쩔 건데?

연장하고, 뭘 할 거야……?

"아냐……."

나는 고개를 저었다.

"그만 돌아가자. 부모님도 곧 돌아오실 거잖아."

"……그래."

그렇게 말한 미즈토는 나한테서 손을 떼더니, 뒷정리를 시작했다.

나는 몰래 한숨을 내쉬었다.

어차피, 여기서 할 수 있는 건 한정되어 있다. ……여기서는 말이다. 그렇다면 어디라면 괜찮을까?

열기에 휩싸인 뇌를 스친 생각을, 나는 머리를 내저어서 쫓아냈다.

그런 생각만 하니까, 나는 어느새 이렇게 음란한 애가 된 것이다.

언젠가는, ……뭐, ……지만 말이다.

하지만 그건 지금이 아니며…… 여기도 아니다.

그렇다면, 언제? 어디에서?

그 의문에 나는 결국 답을 내놓지 못했다.

부모님이 돌아오는 저녁때까지는 귀가한다.

그것이 우리 데이트의 규칙이다.

3월이지만 아직 해가 짧아서, 하늘은 거의 밤에 가까웠다. 여름이 된다면 그때는 해가 지지도 않았는데 귀가해야하는 것을 아쉽게 여기리라.

집에서도 우리는 같이 있을 수 있다. 하지만 그때는 연인으로서가 아니다. 가족인 우리는, 손도 못 잡고 키스도 못한다. 어깨가 맞닿는 일도 없다.

그 사실을 날이 갈수록 더욱 안타깝게 여기는 내가 존재한다.

아아, 인간의 욕망은 정말 끝이 없구나. 이렇게 행복한데, 거기에 익숙해지면 더 많은 것을 원하게 된다.

어디에 도달해야 나는 만족할 수 있을까.

골이 존재하지 않는다면 절망적이리라. 아무리 갈구하던 행복도 손에 넣고 나면 당연한 것이 되면서, 생각했던 것과는 다를지도 모른다면…….

연애라고 하는 것은 대체 얼마나 심오한 것일까.

죽을 때까지 갈구하는 무언가를 발견하면 할수록 더욱 심오해지는 것일까…….

"결국, 무난한 걸 골랐네."

미즈토는 손에 들고 있는 봉투를 내려다보면서 말했다.

"화이트데이니까 더 좋은 걸 골라도 될 텐데, 결국 쿠키 세트인 거야?"

"괜찮잖아. 집에서 당당히 먹을 수 있는걸."

미즈토가 곁에 있어 준다면, 그것만으로 충분—.

……같은 말을 할 수 있을 만큼, 나는 욕망이 얕은 인간이 아닌 것 같았다.

터벅터벅 걷고 있는 우리를 번화가의 네온 불빛이 비추었다.

지금까지 일부러 찾아본 적은 없었다.

하지만 유심히 둘러보니, 한두 군데는 눈에 들어왔다. 우리가 남들 눈길을 신경 쓰지 않으며 어른이 될 수 있는 장소가— 가족이 아니라 연인으로 있을 수 있는 장소가 말이다.

고등학생이 그런 곳에 들어가는 건 심각한 문제지만…….

게다가 학생회 임원이 그런 짓을 하는 건 심각한 문제지만…….

……이미, 그 문제를 화끈하게 저지른 선배가 있거든.

그렇게 생각하니 특별한 일이 아닌 것 같아서, 확 저질러 버릴까 하고 나는 생각했다.

손을 맞잡은 채 옆에서 걷고 있는 미즈토에게, 나는 마음속으로 속삭였다.

　―저기, 나와…… 하고 싶어?

　말하지 않은 건, 비겁한 짓이라고 생각해서다.

　미즈토에게 결심을 떠맡기고 자기는 즐기기만 하려는 것 같아서, 마음이 불편했다.

　그런 질문을 한 순간…… 답은 이미 나온 것이나 다름없는데 말이다.

　"……유메."

　미즈토가 낮은 목소리로 불쑥 묻자, 가슴이 뜨끔했다.

　"고마워. 즐거웠어."

　뭐야, 다른 이야기였구나, 하고 생각한 나는 가슴을 쓸어내리며 미소지었다.

　"조금은 고등학생이 노는 법을 알겠어?"

　"글쎄. 다른 애― 이사나나 카와나미와 같이 이랬다면 감상이 달랐을지도 몰라."

　미즈토는 밤의 장막이 드리워진 하늘을 우러러보았다.

　"나는 성격이 이래서 항상 이 모양이지만 말이야. 네가 계속 바뀌어준다면, 이런 나라도 버림받지 않을 거란 느낌이 드네."

　"버림받아? ……세상으로부터?"

　"멋진 말로 포장하면 그렇게 되겠지."

　어둑어둑한 서재에서 홀로 『시베리아의 무희』라는 아무도 모르는 책을 읽으며 울던 남자애가— 지금은 내 덕분에 세상에…….

"……그렇다면 말이야."

나는 맞잡은 손에 힘을 줬다.

"버림받지 않도록, 꼭 잡고 있어."

"응. —그럴게."

아까 한 말은 취소하겠다.

미즈토가 곁에 있어 준다면, 그것으로 충분하다.

적어도 한동안은, 그렇게 생각할 수 있을 듯한 느낌이 들었다.

—하지만, 사건은 집에 돌아가자마자 일어났다.

"……어?"

"……뭐?"

완전히 얼이 나간 우리 앞에서, 엄마와 미네아키 아저씨가 싱글벙글 웃으며 말했다.

이유는 이러했다.

"그게— 곧 있으면 결혼기념일이잖니."

"봄 휴가를 이용해서, 이제라도 신혼여행을 다녀올까 한단다."

우리 부모님은 우리를 전폭적으로 신뢰하는 눈길로 쳐다

보며 말했다.

"그러니까 두 사람— 우리, 사흘 정도 집을 비우게 됐으니까……."

"둘이서 잘 지낼 수 있지?"

손을 뻗으면 네가 있어

이리도 미즈토 ◆ 남자의 각오

집에서 먼 곳에 있는 편의점의 입구에서, 나는 주위를 두리번거리며 계속 살폈다.

곧장 나아가면 주먹밥 코너에 도착하며, 왼쪽으로 꺾으면 잡지 코너가 있다. 평소 같으면 그런 곳만 관심이 갈 텐데, 오늘만은 어마어마한 존재감을 뿜고 있는 코너가 있었다.

중학생 때— 같은 목적으로 약국에 갔을 때, 그게 어디에 있는지 몰라서 넓은 약국 안을 두 바퀴나 돈 것이 생각난다.

장소를 안 후에도 그 상품을 손에 쥐지 못한 채, 약국 안을 세 바퀴나 괜히 돌았다. 지금 생각해보면 정말 행동거지가 수상했기에, 당시의 나는 예비 절도범처럼 보였을 거란 생각마저 들었다.

오늘은, 그때 정도는 아니다.

한 바퀴만 돌았으니 말이다.

딱히 필요하지도 않은 페트병 음료를 손에 쥔 후, 그대로 잡지 코너로 향했다. 거기서 만화 잡지 한 권을 고른 후, 읽지도 않으며 대충 넘겨본 후에 옆구리에 끼었다.

그리고…….

지극히 자연스럽게, 뒤편을 돌아봤다.

새하얀 마스크가 그려진 상자가, 몇 개나 눈에 들어왔다. 내가 원하는 물건은 이게 아니다. 아래편으로 눈길을 돌렸다. 몇 초 동안 시야 속을 살펴본 후, 겨우 그 물건을 발견했다. 그것은 숨겨져 있었다. 세련된 디자인의 패키지가, 마치 자기는 사람들의 눈길을 끌어선 안 된다는 것을 알고 있는 듯이, 반창고와 물티슈 사이에 숨어 있었다.

그 상자의 패키지에서 눈길을 끄는 건 0.01이나 0.02 같은 숫자뿐이다. 그 숫자의 의미를 이해하는 건, 확고한 목적을 가지고 이 자리에 온 인간뿐이다…….

나는 일단 몇 초 동안, 선반 위편에 있는 마스크를 응시했다.

그리고 마음을 굳힌 후, 다시 스무스하게 눈길을 아래편으로 돌리면서 가장 아래 칸에 있는 조그마한 상자를 쳐다봤다.

그 상자들의 차이점은 패키지에 적힌 숫자, 그리고 몇 개가 들어 있느냐는 표기뿐이다. 지난번에 약국에서 샀을 때는 같은 가격이면 많은 편이 좋을 거라고 생각해서 12개가 든 것을 샀다.

하지만, 지금 생각해보면 그 판단은 옳지 않다는 생각이 들었다. 같은 가격인데 들어 있는 수량이 적다는 건, 그쪽이 더 품질이 좋다는 의미다. 기왕이면 좋은 것을 쓰는 편이 상대방에게도 좋지 않을까?

하지만 세 개짜리는……. 단순 계산으로 가격이 4배인 것이며, 만약(어디까지나 만약!) 다 떨어지면 또 사러 와야만 한다. 몇 번이나 사러 오면 점원이 내 얼굴을 기억하지 않을까? 최악의 경우, 하는 도중에 바닥날 수도…….

만약 그런 상황에서, 우리가 정상적인 판단력을 잃었다면? 상상만 해도 오싹하다. 그런 상황이 벌어질 경우, 돌이킬 수 없는 사태가 벌어질지도 모른다. 그런 위험을 피하면서 상대방을 향한 경의와 배려를 양립하고 싶다면, 아무래도 선택지는 하나뿐이다. 나는 여섯 개가 들어 있다고 적혀 있는 약 1,000엔가량 하는 상자를 향해, 손을 뻗었다—.

—정말 필요한 걸까.

상자에 손이 닿기 직전, 그런 의문이 뇌리를 스쳤다.

내일부터 아버지와 유니 씨는 여행을 떠난다.

이틀하고 한나절에 걸쳐 나와 유메는 집에서 단둘이 지낸다.

그러니, 필요할지도 모른다고 생각했다. 중학생 때 구매한 것은 약 1년 전, 책상 서랍에서 사라졌다.

하지만, 진짜로 필요한 것일까?

전에 샀을 때는 돈 낭비로 끝났는데?

—아니다.

나는 상자를 손에 쥐었다.

실제로 필요할지 말지를 떠나, 나는 이것을 가지고 있어야만 한다.

그것이 내 각오이자 책임이다.

낙관적인 관측에 따라 안이함에 몸을 맡기는, 그런 어린 애 같은 사고방식은 중학생 때 졸업했다…….

그리고 나는 손에 쥔— 피임구 상자를, 옆구리에 낀 잡지 뒤편에 숨겼다.

그것을 당당히 계산대로 가져갈 각오는 아직 없었다.

이리도 유메 ◆ 여자의 각오

……사버렸다.

나는 자기 방에서, 새로 산 의류를 침대 위에 펼쳐뒀다.

이것도 의류이기는 하지만, 평소에는 디자인을 신경 쓸 필 요가 없다. 왜냐하면 남에게 보여줄 일이 없는 것이다. 물론 귀여우면 기분이 좋아진다. 하지만 그것은 자기 자신에게만 해당되는 이야기이며, 그것을 남에게 보여주며 흥분에 사로 잡힐 기회는 적어도 이제까지의 나에게는 없었다.

란제리다.

속옷이 아니다. 이것은 란제리다. 브래지어와 팬티로 구성 된 이것을 보면, 분명 백 명 중 백 명이 그렇게 말할 것이다. 이것은 란제리다.

평소에는 거의 입지 않는 그 검은색 속옷에는 복잡한 꽃

무늬 자수가 되어 있었다. 그것만이라면 약간 비싼 속옷일 뿐일 것이다. 하지만 이것을 란제리로 보이게 하는 것은 바로 컵 상단부와 팬티의 사이드 부분을 구성하고 있는, 안쪽이 비쳐 보이는 레이스다.

피부색이 훤히 비치는 그것은, 착용자의 기분을 고조시키기 위한 것만이 아니다. 속옷으로 감춰진 나신을 고혹적으로 보이게 하며, 식충식물처럼 사냥감을 유인하는— 그렇다. 이성에게 보여주기 위한 것이다.

승부 속옷, 이라고 사람들은 말한다.

필요할지도 모른다, 고 전부터 생각하기는 했다. —나와 미즈토는 한집에서 살고 있고, 부모님이 집을 비운 동안에 그런 분위기가 형성될지도 모른다. 하지만 일부러 이런 것을 준비하는 건 마치 기대하고 있는 것 같아 부끄럽고, 학생회 때문에 바쁘니 한동안은 괜찮을까—라고 여기며 이제까지 지내왔다.

그런 나에게 마치 최종 기한을 고하듯, 부모님들의 여행이 결정된 것이다.

살 수밖에…… 없었다.

이대로 머뭇거리다간 평생 후회할지도 모른다는 생각이 들자, 『이, 일단 준비만 해두자!』 하고 결심할 수밖에 없었다. 어떤 것을 살지 예전부터 검토했기에, 란제리 매장에서는 그다지 고민하지 않았다. 옷 위에 걸쳐봤을 때는, 그 어른스러운 느낌에 남몰래 마음이 달아오르기까지 했다.

그 흥분이 가신 현재— 나는, 이제까지 느껴본 적 없는 불안감에 휩싸였다.

이게 여기에 있다는 것은…….

머지않아 나는 그걸 할 거란 의미지?

이 여자가 무슨 소리를 하는 걸까. 그러려고 준비했으면서 말이다. 그런 정론이 어디선가 들려오는 것만 같았다. 하지만, 하지만, 이렇게 물질적으로 징조가 모습을 보이자, 갑자기 현실감이 사라지는 것 같았다. 『뭐? 진짜야? 망상이 아니었어?』 같은 현실도피를 멈출 수가 없었다.

간접적으로 주워들은 항간의 소문에 따르면, 나는 『학생회의 청초 담당』이라고 한다.

참고로 쿠레나이 회장은 쿨 담당이며, 아소 선배는 뻔뻔함 담당, 그리고 아스하인 양은 츤데레 담당인 것 같다(항상 차가운 모습만 보여주는데). 하찮은 소문에 지나지 않더라도 주위에서 그렇게 본다고 생각하니 의식하게 됐고, 나는 청초하게 행동하려 노력했다.

그런 내가— 드디어?

"……."

순식간에 온몸이 긴장감에 사로잡히자, 나는 부들부들 떨었다.

에, 에이. 너무 의식하는 거다. 자의식 과잉이다. 부모님이 집을 비운 적이라면 전에도 몇 번이나 있었다. 하지만 아무 일도 없었다.

이런 란제리— 아니, 속옷이 한 벌 정도 있어도 이상할 건 없다. 용도는 딱히 정해두지 않았지만, 가지고 있어도 된다. 그뿐이다. 그 이상도 그 이하도 아니다. 그러니 이 속옷은 곱게 접어서 장롱에 넣어두자. 일단 말이다.

검은색의 투명한 천 조각이 시야에서 사라지자, 긴장이 아주 조금 풀렸다. 하아. 아직 부모님이 집에 있는데, 이래 선 의심을 살 것이다. 평소처럼 행동하면 된다. 우리가 가족 이 된 지, 벌써 1년— 1년이나 가족으로 지냈으니 말이다.

그렇게 생각하며 1층에 내려가 보니⋯⋯.

"다녀왔어."

마침 미즈토가 현관에 들어오고 있었다.

"아. ⋯⋯어서 와."

"응."

일단 평소처럼 인사를 건네자, 미즈토는 가볍게 고개를 끄덕이며 내 옆을 지나쳤다.

바로 그때, 나는 미즈토가 옆구리에 낀 물건에 눈길이 갔다.

⋯⋯만화 잡지?

평소에는 저런 걸, 안 사는데—.

그 의문을 통해, 나는 눈치챘다.

미즈토의 코트 호주머니에, 뭔가가 들어 있다.

약간 불룩한 호주머니의 틈새를 통해 언뜻 보인 것은, 눈에 익은 디자인의— 상자다.

—저것은.

—약 1년 전.

—내가, 쓰레기통에 버렸던…….

"……."

심장 뛰는 소리가 귓속에서 폭발했다.

그래.

그래.

—하는 거구나.

이리도 미즈토 ◆ 첫째 날 1

"그럼 다녀올게~."

"응. 즐거운 시간 보내고 와."

"무슨 일 있으면 언제든 연락해도 돼, 미즈토."

"괜찮으니까, 우리는 신경 쓰지 마."

다녀올게~ 하고 다시 말하며 현관을 나서는 아버지와 유니 씨를, 나와 유메는 함께 배웅했다.

덜컹, 하며 문이 닫혔다.

목소리와 발소리가 멀어지면서 사라지자, 유메는 흔들고 있던 손을 천천히 내렸다.

"……."

"……."

서서히 조여 오는 듯한 침묵이 현관을 채워갔다.

오늘부터 이틀 이상의 시간을 우리는 이 집에서 단둘이 보낼 것이다.

남들의 눈은 전혀 신경 쓸 필요 없다.

우리의 목소리를 남이 듣는 것이나, 우리가 같이 있는 모습을 남이 보는 것을 경계할 필요는 전혀 없다. 무언가를 하다—.

—부모님에게 들킬 것 같아서 허둥지둥 중단하는 일 또한, 일어나지 않는다.

아무리 액셀을 밟아대더라도, 방지턱에 걸리는 일은 없다—.

"……."

"……."

끼긱, 하고 바닥이 삐걱거리는 소리가 들렸다.

아마 유메가 체중을 한쪽 발에 실은 것이리라.

그런 소리마저 크게 들릴 정도로 내 오감은 민감해진 상태였다.

……뭘 하면 되지?

1년 넘게 한집에서 살아왔지만, 뭘 하면 좋을지 알 수 없었다.

아무튼, 이 침묵은 위험하다. 이어지면 질수록 우리를 옭

아매면서, 점점 더 뭘 어쩌면 좋을지 모르게 만들 것이다—.

"—저기 말이야."

겨우겨우 입을 뗀 바로 그 순간이었다.

찰칵하는 소리가 탈의실 쪽에서 들려오자, 우리는 흠칫했다.

아마…… 세탁기의 작동이 끝나면서 잠금장치가 열리는 소리일 것이다.

"나…… 나!"

유메는 당황한 건지 상기된 목소리로 말했다.

"세탁물…… 개러 갈게."

그리고 도망치듯, 빠른 발걸음으로 탈의실에 들어갔다.

도망치듯이 아니다—.

도망친 건가?

유메가 모습을 감춘 탈의실의 문을 쳐다보며, 나는 생각했다.

역시…… 경계하고 있는 거지?

이리도 유메 ◆ 첫째 날 2

"저기……."

"미, 미안해! 지금 좀 바빠."

"지금은 괜찮아?"

"앗…… 자, 장 보러 갔다 올게!"

"잠깐―."

"앗~! 전화 왔네~"

……도망치고 말았다.

모처럼 단둘이 있는데, 도망치고 말았다.

해보고 싶었던 게 잔뜩 있지만, 미즈토가 말을 걸어오기만 해도 긴장감을 견디다 못해 도망치고 말았다.

아직 낮이니까, 바로 그렇고 그런 짓을 할 리가 없다는 것을 알면서도…… 오늘 밤에는 분명 할 거라고 생각하니, 의식하지 않을 수가 없어서…….

이대로 괜찮은 거야? 밤이 되면 미즈토가 먼저 말을 꺼내줄까? 하지만 어떻게? 어떤 식으로?

한나절 후의 일을 상상조차 할 수 없었기에, 불안감만이 한도 끝도 없이 부풀어 올랐다.

……이런 식으로 생각하고 있지만, 어쩌면 전부 기우로 끝날지도 모른다. 평소처럼 자의식 과잉에, 지나친 생각일지도 모른다. 어제 목격한 그 상자도, 호주머니 틈새로 언뜻 본 것이다. 어쩌면 과자 상자일 가능성도―.

"저기."

부정적 생각으로 마음을 진정시키고 있을 때, 거실에서 스마트폰을 만지작거리고 있는 나에게 미즈토가 말을 건넸다.

좋아. 이번에야말로 도망치지 말자. 차분하게, 평소처럼 이야기를 나누면 된다.

"왜?"

그렇다. 이걸로 됐다. 평범하게 행동하면 된다. 오늘 밤에 꼭 무슨 일이 있을 거란 보장은 없으니까―.

"손톱깎이…… 어디 있는지 알아?"

손톱깎이?

이유 없이 그 단어가 마음에 걸렸지만, 이 시점에서는 왜 마음에 걸리는 건지 깨닫지 못했다.

"손톱깎이라면……."

문 옆에 있는 조그마한 서랍장을 열어서 손톱깎이를 찾은 후, 「여기 있어」 하며 미즈토에게 건네줬다.

"고마워."

그것을 받아드는 미즈토의 손을, 나는 쳐다봤다.

한순간에 지나지 않았지만, 나는 눈치챘다.

―손톱 그렇게 길지 않은 것 같은데 말이야…….

평소에는 귀찮다고, 손톱이 꽤 길어질 때까지 안 깎으면서…….

머릿속보다 먼저, 심장이 반응하며 펄쩍 뛰었다.

―손톱을, 짧게 깎는다.

그래.

그러고 보니…… 그런 준비도…… 해야 한댔어.

"저, 저기……."

뒤돌아선 미즈토에게, 나는 무심코 말을 건넸다.

"손톱깎이…… 다 쓰고 나면, 나도 쓸래."

착각이 아니다.

자의식 과잉이 아닌 것이다.

이리도 미즈토 ◆ 첫째 날 3

평소와 다름없는 척하며 독서를 하다 보니, 밤이 됐다.

오늘은 평소에 즐겁게 저녁 식사를 만드는 유니 씨가 없다. 우왕좌왕하느라 유메와 식사를 어떻게 할지 논의하지 않았다는 것에 생각이 미친 나는 1층으로 내려갔다.

거실의 문을 열자, 텅 하며 냉장고 문이 닫히는 소리가 들려왔다.

"……아."

부엌에서, 유메가 나를 돌아봤다.

그녀는 채소 몇 개와 두부, 냉동식품 같은 것을 안아 들고 있었다.

"저기…… 밥, 할까 해서……. 그래봤자, 된장국 정도지만……."

"……밥은?"

"아…… 해놨어."

나는 보온 상태인 밥솥을 쳐다보면서 유메의 옆에 섰다.

"도울게."

"아…… 고마워."

"뭘. 나도 같이 먹을 거잖아."

이 1년 동안, 유메의 요리 스킬은 나와 비슷한 수준이 됐다. 맡겨둬도 문제없겠지만, 그냥 떠넘겨 버려선 아내를 식모 취급하는 남편 같아서 좀 그랬다.

유메의 옆에 선 나는 한동안 말없이 작업에 힘썼다.

그리고 완성된 된장국, 샐러드, 냉동 햄버그를 식탁으로 옮긴 나는 유메가 퍼준 밥을 식탁에 놓으며 자리에 앉았다.

유메도 걸치고 있던 앞치마를 벗은 후, 평소에는 유니 씨가 앉는 의자의 등받이에 걸쳐놓으면서 내 맞은편에 앉았다.

"잘 먹겠습니다."

두 손을 모으며 그렇게 말하는 유메를 본 후, 나도 젓가락을 들었다.

한동안은 달그락달그락하고 식기 부딪치는 소리만 들려왔다.

……침묵 탓에 괴롭다.

기본적으로 침묵을 고통으로 느끼지 않는 나도, 오늘은 왠지 거북했다. 그도 그럴 것이, 이 식사를 마치고 나면 목욕을 하고, 그 후에— 밤이 될 무렵에는 각오가 설 줄 알았는데, 전혀 그럴 기색이 없다.

나는 리모컨을 쥐고, 텔레비전을 켰다. 그다지 본 적 없는 버라이어티 방송의 활기가, 매우 든든하게 느껴졌다.

"……저기."

BGM 덕분인지, 유메가 머뭇머뭇 입을 열었다.

"내일…… 혹시 약속, 있어?"

"딱히, 없어……."

"그렇구나……."

"너는 어때……?"

"나도…… 없어."

"그래……."

"……."

"……."

대화가 이어지지 않았다.

우리는 집 안에서 빈번하게 이야기를 나누지 않았다. 우리가 사귀었던 중학생 시절에도 그랬다. 그래서 대화가 이어지지 않는 지금 또한 비상사태는 아닐 테지만, 왠지 오늘은 매우 거북했다.

아무 말도 하지 않으며, 식사만 이어갔다.

햄버그도, 밥도, 금방 동나면서 배가 채워졌다. 이렇게 되면, 한 자리에 같이 있을 대의명분도 사라지고 만다.

먼저 식사를 마친 나는 발악 삼아 식기를 설거지했지만, 그러는 데도 한계가 있었다.

"그럼……."

뒤늦게 식사를 마치고 식기를 부엌으로 가져온 유메에게 무심코 작별의 말을 건네려…….

아~ 하고 아무 의미 없는 소리를 내서 잠시 시간을 번후, 나는 이렇게 말했다.

"욕실…… 청소할게."

"아, 응……. 부탁해."

나는 고개를 끄덕이며 유메와 떨어진 후, 거실을 나섰다.

……정말, 괜찮은 걸까?

이리도 유메 ◆ 첫째 날 4

"……하아~."

뜨거운 물에 어깨까지 담근 나는 피로가 묻어나는 한숨을 천장에 토했다.

아무것도 안 했는데, 긴장감으로 가득 찬 하루였다……. 수험 당일보다 긴장했을지도 모른다.

하지만, 본경기는 이제부터다.

긴장한 몸을 뜨거운 물로 풀어준 후, 욕조에서 나온 나는 거울 앞에 섰다.

김이 서린 거울을 손으로 닦았다. 거울에 서린 김 사이로 보이는 자신의 알몸을 다시 살펴봤다.

괜찮……은 편이지?

배에 군살도 붙어 있지 않고, 속옷 자국도 남아 있지 않다. ―이날을 위해 관리한 보람이 있다.

……남은 건.

나는 자기 턱 아래에 있는, 포물선을 그리고 있는 계곡을 내려다봤다.

실은 이 1년 동안 조금 커졌다.

브래지어의 컵 사이즈로 말하자면, 1학년 때는 C~D였지만 지금은 E컵을 입는다. 위 가슴도 학년 초의 신체 측정 때는 81센티미터였지만, 일전에 란제리 매장에서 쟀을 때는 85센티미터나 됐다.

히가시라 양의 98센티미터라는 충격적인 수치에 비하면 평범한 수준이지만, 나는 밑 가슴이 가는 편이라면서 점원 분도 매우 부러워했었다.

아마 세간에서 보자면 꽤 괜찮은 편……이라고 생각하지만…….

……주위에 H컵이나 F60이 있으니까…….

거울 안에는, 그럴싸한 표정을 지으며 자기 가슴을 주물러 대는 여자가 한 명 있었다.

내가 자신감을 가지는 걸, 세상이 거부하는 것일까. 원래라면 마음껏 우쭐대도 될 몸매일 텐데, 주위 사람들이 너무 비정상적이라서 그럴 마음이 들지 않는다……. 그리고 그 비정상적인 두 사람에게 남친이 생길 기색조차 전혀 없다는 게 참 아이러니했다.

히가시라 양의 외모가 눈에 익은 미즈토를, 내 몸매로 매료시킬 수 있을까……. 무리 아닐까……? 무리일 거야…….

발버둥 삼아서 가슴 마사지를 한 후, 수건에 보디샴푸를
뿌려서 몸 구석구석까지 정성 들여 씻었다. 나에게는 나만
의 장점이 있다. 그렇게 믿을 수밖에 없다.

그리고 시간을 들여서 머리카락을 정성 들여 감은 후,
「……좋아」 하고 중얼거리며 샤워를 마쳤다.

오늘밤…… 나는 드디어, 어른의 계단을 올라간다.

2년 전에 못했던 것을, 드디어 하는 것이다.

각오는 되어 있다.

자, 와라!!

"……."

두근두근.

드라이기로 머리카락을 말렸다.

"……."

두근두근.

미즈토가 목욕을 마치고 나왔다.

"……."

두근두근.

방 앞에서 잘 자라고 말했다.

"……."

두근두근.

푹신푹신한 이불을 덮었다.

"......"

어라~?

깜깜한 천장을 말똥말똥한 눈으로 올려다보면서, 나는 의문에 사로잡혔다.

아무 일도 없이 잠자리에 들었네? 어라? 어째서? 어째서~?

오늘이 아닌 거야? 학생회 청초 담당이란 간판을 내리는 날은? 밤이 깊으면 은근슬쩍 신호를 주고받은 후에, 자연스럽게 미즈토가 나를 덮쳐줄 거라고 생각했는데!

......어?

은근슬쩍? 자연스럽게?

구체성 제로.

그래. 그래. 그랬구나. 나는 바보였다. 이런 것도 눈치 못 챌 줄이야.

평범한 커플이라면, 한 방에 있는 시점에 이미 합의가 이뤄졌다고 할 수 있다.

동거 커플이라면, 보통은 그런 일을 이미 경험했기에 이미 어떤 식의 신호를 주고받을지 정해져 있을 것이다.

나와 미즈토에게는, 양쪽 다 없다.

동거하는 게 당연하며, 그렇다고 경험을 마친 것도 아닌지라 신호도 정해져 있지 않다. ―언제든 할 수 있는 상황이기에, 언제 하면 좋을지 알 수 없다.

그렇다.

우리에게는— 타이밍을 잡을 방법이 없다.

어느 한쪽이 『야한 짓을 하고 싶다』 하고 말하지 않는 한!

이리도 미즈토 ◆ 둘째 날 0

진흙처럼 짓누르는 졸음에 휩싸인 채, 나는 아침을 맞이했다.

……아무 일도…… 없었다.

에로틱한 분위기가 되지도 않았으며…….

유메가 밤에 나를 덮치러 오는 일 또한 없었다.

당연했다.

한집에 살고 부모님이 없다고 해서, 자동으로 그런 분위기가 형성될 리가 없다.

내가 의사 표시를 하지 않는 한…….

혹은, 상대방이 의사 표시를 하지 않는 한…….

아무 일도 일어나지 않는 것이다.

하지만—.

자명한 이치겠지만…….

—『야한 짓을 하고 싶다』라고 자기 쪽에서 말을 꺼내는 건

부끄럽다.

 가능하면…….
 그렇다. 가능하면 말이다.
 상대방이 그런 분위기를— 오케이 사인을 보내준다면, 나도 하기 쉽다.
 그게 없으면 나만 밝히는 것처럼 보일 것이며, 걔가 항상 입에 달고 사는 『내숭 색골』이라는 근거 없는 비방을 긍정하는 게 된다.
 즉—.

이리도 유메 ◆ 둘째 날 0

 —자기가 먼저 말을 꺼내면, 패배.
 승부 속옷을 세면대에서 정성 들여 손으로 빨면서, 나는 처음으로 룰을 이해했다.
 청초 담당의 자존심을 걸고, 내가 먼저 말을 꺼내지는 않겠다. 부끄러우니까 말이다.
 그러니 나는, 그 남자가 말하게 만들어야만 한다. —『야한 짓을 하고 싶다』는 말을 말이다!
 이것은 그런 게임이다.
 인생에 단 한 번뿐인 첫 체험을, 누가 우위에 서면서 할 것인가.

앞으로의 평생에 영향을 끼칠 싸움이 이미! 시작된 것이다—!!

이리도 미즈토 ◆ 둘째 날 1

잠옷에서 실내복으로 갈아입은 후, 나는 땅을 다지듯 한 걸음 한 걸음 내디디며 계단을 내려갔다.

그 걸음에 내 결의가 담겨 있다.

이제까지 우리는 한심한 고집 싸움을 몇 번이나 벌였다. 『남매 룰』이라고 하는 어처구니없는 기 싸움을 필두로 해서, 얼마나 자기는 상대방에게 관심이 없고, 상대방이 자신에게 관심이 있는지를 만천하에 알려서 우월감에 젖으려 하는 무의미한 다툼을 한 지붕 아래에서 이어왔다.

이것이 마지막 싸움이 될 것이다.

오늘 밤, 우리는 남녀 사이에 당연히 존재하는 벽을 드디어 치울 것이다. —그것이 어느 쪽의 공적인지가, 그 결과가, 우리가 앞으로 맞이할 운명을 점칠 것이다.

중학생 때부터 나는 유메보다 한 걸음 앞서나갔다고 생각한다.

하지만 지금의 그녀는 학생회 임원이며, 나는 일개 학생— 하지만 직함 같은 건 아무런 의미도 없다는 것을 그녀에게 가르쳐줘야만 한다. 나는 아직 네 뒤꽁무니를 쫓을 생각이 없다는 것을 똑똑히 알려줘야만 한다.

네 남친은 아직도 네 동경의 대상이라는 것을— 증명해야만 한다.

그래서 나는 간단히 욕망을 드러낼 수 없다.

평생 한 번뿐인 추억을, 젊은 날의 치기라는 소리를 듣게 하지 않겠다.

불투명 유리가 달린 문을 힘차게 열어젖혔다.

지금은 아침이라고 하기에도, 점심이라고 하기에도 어중간한 시간이다. 우등생인 유메는 이미 일어나서, 소파에 앉아 책을 읽고 있었다.

나를 본 그녀는 고개를 들더니…….

"좋은 아침."

하고 짤막하게 말한 후, 다시 책을 향해 눈길을 돌렸다.

나도 「……좋은 아침」 하고 답한 후, 부엌으로 향했다. 식빵 두 조각을 꺼내서 토스트기에 넣었다. 타이머는 5분으로 설정했다.

그사이에 냉장고에서 물을 꺼내 목을 축이면서 유메 쪽을 힐끔 쳐다봤다.

표정 참 환하네……. 사람 마음도 모르면서 말이지.

토스트기에서 소리가 나자, 나는 접시에 토스트 두 개를 담아서 식탁으로 옮겼다. 그 후, 냉장고에서 버터를 꺼냈다.

버터를 갈색으로 잘 구워진 토스트에 바른 후, 베어 물었다.

그러면서 한 손으로 스마트폰을 조작했다. 이참에 이사나의 계정을 체크해두자.

한동안 그러고 있을 때였다.

"저기."

소파 쪽에서 갑자기 목소리가 들려왔다.

"응?"

되물으면서 쳐다보니, 유메는 몸을 비틀어서 나를 쳐다보고 있었다.

"오늘 밤에 어쩔 거야?"

심장이 쿵쾅거렸다.

오늘 밤……이란 말은…….

"저녁 말이야."

이어지는 말을 들은 순간, 긴장이 순식간에 흩어졌다.

뭐야. 저녁밥 말한 건가…….

"뭐…… 만들어 먹어도 좋고, 배달시켜도 좋아. 아버지한테 식비를 받았거든."

"그럼 만들어 먹자."

"왜?"

"모처럼의 기회잖아?"

"그게 다야?"

"모처럼 배달을 시켜도, 너와 단둘이서 먹어선 파티 느낌이 안 나거든."

그런 의미의 『모처럼』인가.

"귀찮은데……."

"그럼 나한테 맡겨도 돼."

"아직 불안해."

"날 못 믿나 보네."

이런 소중한 날을 복통 탓에 날린다, 같은 결말은 피하고
싶다.

"그럼 나중에 장 보러 갈까?"

"재료 없어?"

"있긴 한데, 그거로 뭘 만들면 좋을지 모르겠어."

"카레나 볶음밥을 만들면 되지 않아?"

"혼자 사는 남자 같아서 싫어!"

"괜히 허세 부리기는……."

"귀여운 여친의 열의를 좀 칭찬해주면 덧나?"

유메가 불만을 드러내듯 입술을 내밀자, 나는 코웃음을
쳤다.

"뭐, 좋아."

"응?"

"짐꾼 겸 어드바이저로서 같이 가줄게."

"대체 언제까지 자기가 한 수 위인 척하려는 건데?"

그 말을 끝으로, 유메는 다시 책을 향해 눈길을 돌렸다.

나도 토스트를 다 먹었기에, 거실에 남아 있을 이유가 없어졌다.

……평소와 다름없네.

이 애…… 이 상황을, 제대로 이해하고 있기는 한 걸까?

이리도 유메 ◆ 둘째 날 2

나에게는 유리한 점이 하나 있다.

이틀 전, 나는 미즈토의 호주머니에 들어 있는 피임구를 분명 목격했다. 하지만! 미즈토는 내가 그것을 목격했다는 사실을 모른다.

즉— 미즈토의 시점에서는, 내가 오늘 그럴 각오를 했는지 안 했는지 판단이 서지 않을 것이다.

상대가 의식하고 있다는 것을 나만 일방적으로 알고 있다. 이 상황에서는 내가 의미심장한 태도를 취하더라도, 그럴 마음이 없는 듯한 태도를 섞어서 보여준다면 유혹을 눈치채지 못할 가능성이 크다! 나는 어디까지나 순진한 척을 하며, 미즈토의 마음을 계속 자극할 수 있는 것이다.

나는 직접적으로 유혹하지 않으면서, 미즈토가 그럴 마음이 들게 만들 수 있다.

그야말로 승리가 확정되었다고 해도 과언이 아닐 만큼 거대한 이점— 이것을 철저하게 활용해, 온종일 미즈토를 흔들 생각이다.

그리고 밤이 되면 단숨에 공세를 펼쳐서, 그대로 함락시킨다! 이것이 최선의 수다!

이리도 미즈토 ◆ 둘째 날 3

방에 틀어박혀 있어서는 아무것도 안 되기에, 나는 적당한 이유를 찾아서 1층에 있는 거실로 내려갔다.

거실에는 나를 기다리는 것처럼 유메가 있었지만, 딱히 할 이야기는 없기에 금방 방으로 돌아갔다. 이게 마치 맥없이 퇴각하는 것 같아서, 내 자존심이 약간 삐걱거렸다.

오후 세 시쯤, 배가 고파진 나는 그것을 핑계 삼아 1층으로 내려갔다. 점심으로 우동을 데쳐서 먹었는데, 금방 소화되어버린 것 같았다. 과자라도 몇 개 먹었으면 싶었다.

거실에는 역시 유메가 있었다. 아침에 읽던 책은 다 읽은 건지, 텔레비전을 켜놓고 스마트폰을 만지작거리고 있었다. 그야말로 거실의 주인 같았다.

나는 군것질거리를 찾으려고 선반을 뒤지다, 유메가 이쪽을 쳐다보고 있다는 것을 눈치챘다.

"쿠키 먹을래?"

고개를 돌려보니, 소파 앞의 테이블에는 쿠키가 담긴 접시가 놓여 있었다.

"그건 어디서 난 거야?"

"밸런타인데이 때, 아카츠키 양한테 겸사겸사 배웠어."

"네가 직접 만든 거야?"

꽤 여성스러운 일을 한다는 생각이 들었다.

유메는 쓴웃음을 머금었다.

"평소에 만들면 엄마한테 놀림 받을 것 같거든."

"아, 그럴 거야……."

자기 자식이 평소 하지 않는 짓을 하면, 부모는 과민 반응을 하기 마련이다. 나도 중학생 시절, 아버지가 그럴까 봐서 여친이 생겼다는 것을 이야기하지 못했다.

선반에는 적당한 군것질거리가 없었다. 이렇게 되면 순순히 유메의 호의를 받아들이는 편이 나을까.

내가 소파 쪽으로 가자, 유메는 옆으로 이동하며 내가 앉을 자리를 내줬다.

나는 순순히 그 자리에 앉았고…….

"……어?"

그 순간, 호주머니에 넣어둔 스마트폰이 진동했다.

꺼내보니, 착신 화면에는 눈에 익은 이름이 표시되어 있었다. 히가시라 이사나. 나는 착신 버튼을 누르며 스마트폰을 귀에 댔다.

"나야. 무슨 일이야?"

『여보세요~? 실은 좀 상의드릴 일이 있어서요~.』

"뭐야?"

만우절용 일러스트는 이미 완성됐으니, 지금은 계절 일러스트와 관련이 없는 일러스트를 그리고 있을 텐데……. 이사나가 기특하게도 나와 상의하려고 할 때면, 보통은 변변찮은 일 때문인데 말이야.

『젖꼭지가 드러나요.』

"역시 그랬구나."

『제 이야기가 아니거든요?!』

"알아. 그래서 어쨌다는 건데?"

어차피 전문가가 아니면 변변찮은 대답밖에 못 해주는 이야기를, 나는 끈기를 가지고 들어줬다.

바로 그럴 때였다.

유메가 갑자기, 옆에서 나를 향해 기댔다.

"어……?"

『미즈토 씨?』

"아, 그게…… 아무것도 아냐"

전철에서 조는 것처럼 내 어깨에 머리를 얹은 유메의 얼굴을, 나는 힐끔 곁눈질했다.

유메는 뭔가를 호소하는 듯한 눈길로 나를 응시했다.

신경 써주기를 바라는 건가……? 이사나와 한창 이야기를 나누고 있는데? 일하고 있을 때 방해하는 고양이도 아니고…….

『그러니까 말이죠. 이 여자애는 집 안에서 브래지어를 안

해요!』

　이사나의 열변을 한 귀로 들으면서, 소리 없이 입만 뻥긋거려서『떨어져』하고 유메한테 말했다. 하지만 유메는 마찬가지로 입만 뻥긋거려서『싫. 어』하고 답하더니, 내 손등에 볼을 비비기 시작했다.

　통화 상대가 이사나라서 이러는 것일까……. 혹은, 오늘이 특별한 날이라서 이러는 것일까.

　『내구력 무한의 쿠퍼 인대를 지닌 미소녀란 판타지를, 지금의 제 마음이 갈구하고 있어요! 그러니 은근슬쩍! 그러면서 명백하게! 노브라라는 것을 표현할 필요가 있어요!』

　"아니, 그건 어깨끈의 유무로……."

　『되게 시끄럽네요! 잔말 말고 젖꼭지 그리게 해달라고요!』

　"결국 그거냐."

　나는 이야기를 나누면서, 한 손으로 유메를 적당히 상대해줬다.

　그러고 있을 때…… 사태는 제2단계에 돌입했다.

　어깨에서 미끄러지듯이, 유메가 내 무릎 위로 머리를 옮긴 것이다.

　마치 무릎베개를 벤 듯한 유메를 내려다보니, 그녀는 심술궂은 미소를 머금었다.

　『젖꼭지가 옷 위로 드러난 여자애와 알콩달콩하고 싶어요! 의식하지 않으려 해도 젖꼭지에 계속 눈길이 가고 마는, 그런 남자애가 되고 싶은 인생이라고요! 저 같은 건전 그림쟁이가 때때로 그리는 젖꼭지야말로 가치가 있단 말이에요!』

이 상황에서 젖꼭지 소리 좀 그만해.

들리는 건 아닌가 싶어서 무릎 위에 있는 유메의 얼굴을 쳐다보니, 그녀는 몸을 비틀면서 테이블 쪽으로 손을 뻗고 있었다. 접시에 담긴 쿠키를 한 개 쥐더니, 그것을 내 입가로 가져왔다.

—아~.

……하고 입만 뻐끔거려서 표현한 유메는 히죽거렸다. 무시해도 계속할 게 틀림없나.

어쩔 수 없이 입을 조금 벌리자, 유메가 쿠키를 내 입에 넣었다. 달다. 전체적으로 딱딱하지만, 맛은 합격점이었다. 오독오독 씹어먹었다.

『……뭐, 먹고 있어요?』

"미안해. 쿠키를 먹으려던 참이었거든."

『사람이 진지한 이야기를 하고 있는데~!』

뭐, 이사나로서는 진지한 이야기일 테니까 좀 미안한 마음이 들었다. 꽁냥거리는 거라고 말할 수밖에 없는 이 광경을 통화 너머에서 본다면, 이사나는 더 발끈할 것이다. 『남은 망상만으로 만족하고 있는데~!』 같은 소리를 늘어놓으면서 말이다.

하지만, 지금의 유메는 이사나가 이야기하고 있는 무방비 여자애가 아니다.

상의는 집에서 자주 입는 어깨가 드러나는 니트웨어이며, 바지는 허벅지까지 가리는 플리츠스커트다. 또한 친숙한 검은색 타이츠도 신고 있었다. 집 안이라고는 해도 아직 추운 시기에 이사나가 현재 이야기하는 사태를 초래할 만한 옷차림을 하는 사람은 아마 이사나뿐일 것이다.

유메는 계속 쿠키를 손에 쥐더니, 내 입가로 가져왔다. 나는 그것을 먹으면서, 내버려 뒀다간 무한히 망상— 아니, 이미지네이션을 할 이사나에게 말했다.

"알았어. 어디까지나 은근슬쩍 정도만 허락할게."

『정말요?!』

"너라는 브랜드를 너무 건전한 쪽으로만 치우치게 했다간, 장래에 네가 그리고 싶은 그림을 못 그릴지도 모르거든—. 단, 여성 팬이 질리지 않을 범위에서야."

『맡겨만 주세요! 저도 생물학적으로는 여자예요!』

"그래서 걱정인 거라고."

러프가 완성되면 보낼게요! 하고 말한 이사나는 통화를 끊었다.

나는 그제야 스마트폰을 귀에서 뗀 후, 여전히 내 무릎을 베고 누워서 데굴거리는 여자애를 힐끗 쳐다봤다.

"……."

"안 들켰어?"

유메는 웃음을 흘렸다. 들켜도 괜찮은데, 하고 말할 듯한 분위기였다.

"들키면 어쩔 작정이었어?"

"딱히 문제 될 건 없잖아? 우리는 사귀는 사이인걸."

"그래도 진지하게 회의하는 중에는—."

"하지만……."

내 무릎 위에서 몸을 돌린 유메는 내 배에 얼굴을 묻으려 했다.

"나도 때로는…… 히가시라 양처럼, 미즈토한테 붙어 지내고 싶단 말이야."

그 갸륵한 투정을 듣자, 가슴속이 들떴다.

나는 이 감각을 안다. 모에나 존귀함 혹은 사랑스러움이라고 불리는 것에, 중학생 시절의 나는 완벽하게 당했었다.

지금의 유메는 그 시절보다, 아주 약간 꼬여 있었다.

그 감정을 순순히 얼굴에 드러내지는 않으며, 나는 유메의 머리카락 일부를 손가락으로 살며시 걷어 올리면서 작게 중얼거렸다.

"요즘은 그렇게 붙어 지내지 않아."

"전에는 그랬잖아."

"그렇게 심했어?"

"여기서 영화 볼 때, 히가시라 양이 네 무릎을 벴어……."

"그랬지……."

"그때는, 네가 갑자기 가슴을 주물러대도 히가시라 양은 아무렇지 않아 할 듯한 분위기였다니깐."

"아무리 걔라도 그러면 화낼 거라고."

주무를 거면 주무른다고 미리 말해주세요, 같은 소리는 할 것 같지만 말이다.

유메는 내 얼굴을 곁눈질하듯 올려다본 후, 몸을 돌려서 자세를 바꿨다.

천장을 바라보려는 듯이.

항복한 강아지처럼— 두 손을 벌리며.

"나는, 화 안 내거든……?"

옷 위로 드러난 두 봉우리를 나에게 허락하는 듯한 그 자세를 보자, 나는 한동안 숨을 쉬지 못했다.

이건— 혹시…….

그때가, 온 것일까.

하지만, 아직 낮이잖아? 그래도, 밤에 꼭 해야만 한다는 법률은 없다.

……약 1년 전의 일이다.

동거 생활을 시작하고 얼마 되지 않았을 때— 유메가 목욕수건만 걸친 채 나를 놀렸을 때가 떠올랐다.

그때는 서로가 정신이 완전히 나가버려서, 이 소파 위에서 그대로 선을 넘어버릴 뻔했다.

만약 그때, 타이밍 좋게 부모님이 돌아오지 않아서 입술이 맞닿아버렸다면—.

지금의 우리는, 존재하지 않았을지도 모른다.

"……거짓말하지 마."

나는 또, 미루기로 했다.

"화낼 거잖아. 너라면— 때와 장소를 가려, 하면서 말이지."

유메는 한동안 내 눈을 응시한 후, 옅은 미소를 머금었다.

"맞아. 들통났네?"

"그 정도는 안다고. 같이 산 지도 벌써 1년이나 됐는걸."

"그래. 벌써 1년이나 됐네—."

영차, 하며 유메는 상체를 일으켰다.

유메는 흐트러진 머리카락을 손가락으로 정돈하면서, 소파에서 일어났다.

"슬슬 장 보러 갈까?"

"그래……. 슈퍼, 붐비겠네."

이어서 몸을 일으킨 나는 「코트 가져올게」 하고 말하면서 거실을 나섰다.

아까 한 말이 단순한 농담인지, 아니면 진심인지는 알 수 없다.

하지만— 딱 하나, 확실해진 게 있다.

—때와 장소를 가리면 괜찮은 거지?

"뭐 만들 거야?"

"카레 아니면 볶음밥이야."

"혹시 그 두 가지 말고는 레퍼토리가 없는 거야?"

"그 두 가지가 간단해서 그래. 요리에 시간을 너무 들이는 건 아깝잖아."

"하고 싶은 말이 뭔지는 알겠지만……."

"그러는 너는 뭘 만들고 싶은데?"

"으음…… 오므라이스는 어떨까?"

"되게 뻔한 메뉴네……."

"뻔하다는 건 좀 너무하지 않아?"

"뭐, 최악의 경우에도 케첩 맛 볶음밥은 되겠네."

"달걀 얹는 걸 실패한다는 전제로 이야기하지 말아줄래?"

회의를 하면서, 슈퍼마켓 안을 돌아다녔다.

1년 전처럼 괜히 긴장하지는 않았다. 어디까지나 집안일의 일환으로써 함께 장을 보는 것뿐이다.

당시의 나는 중학생 때의 자신을 내려다보며 어른스러운 척을 했지만, 지금 생각해보면 참 풋풋한 애였다. 잃어버린 것을 마음속으로 떠올리며, 우리는 정육 코너로 향했다.

"아."

미즈토가 갑자기 멈춰 섰다.

"돼지고기……. 돼지고기 생강구이도 괜찮겠는걸."

"아…… 확실히 맛있을 것 같기는 한데……."

"왜 그래?"

……생강 냄새, 괜찮을까?

첫 추억이 카레나 생강 같은 것에 물들어버려도 괜찮을까—그렇게 치자면 오므라이스의 케첩도 마찬가지겠지만 말이다. 이를 닦으면 괜찮을까.

"자…… 잠깐만 기다려."

나는 알림이 온 척을 하며 스마트폰을 꺼낸 후, 미즈토에게서 돌아섰다.

『돼지고기 생강구이 입 냄새』로 검색…….

어디어디? 생강은 입 냄새를 없애주는 효과가 있다. —뭐? 오히려 반대였어?

"미안해! 연락이 와 있었어."

나는 스마트폰을 집어넣은 후, 미즈토와 마주 섰다.

"답 안 해도 돼?"

"아, 응. 급한 건 아니었어. —그것보다, 돼지고기 생강구이라고 했지? 괜찮지 않을까?"

"그럼 돼지고기를 살게."

"응."

오히려 오늘 먹기에 안성맞춤인 요리일 줄이야……. 진짜로 우연일까? 어쩌면 이 남자가 알면서 제안한 걸지도…….

돼지고기 2인분을 바구니에 넣은 후, 미즈토는 채소 코너를 쳐다봤다.

"집에 양배추가 있었어?"

"아…… 없었던 것 같아."

"생강은 튜브에 든 것도 괜찮겠지?"

미즈토는 시장바구니를 한 손에 들고, 효율적으로 슈퍼마켓 안을 돌았다.

전부 계산한 걸까? 오늘 밤에 대비해, 척척 준비하고 있는 거야……? 진짜 메인디시는 돼지고기가 아니라 나인 거 아냐?!

아니, 미즈토는 내 의지를 알 리 없고…… 그의 성격을 생각해봐도, 대놓고 나를 덮치지는 않을 것이다. 하지만, 의식하고 있는 건 틀림없다. 아니면 그런 일이 벌어지길 기대하면서, 저녁 메뉴를 고른 것이다. 아마도, 어쩌면…….

필요한 것을 산 후, 우리는 슈퍼마켓을 나섰다.

산 물건은 그렇게 많지 않다. 논의할 것도 없이 짐은 미즈토가 들었다.

하늘은 석양에 물들어가고 있었다. 곧 있으면 밤이 찾아올 것이다. 평생 기억에 남을 밤이…….

아련한 긴장감을 느끼며, 나는 미즈토와 보폭을 맞추며 걸었다.

너무 부담을 느끼지는 않으며 평소와 다름없는 침묵에 몸을 맡긴 채, 옆에 있는 가족의 존재를 느꼈다.

"……왠지, 오랜만인 것 같아."

이윽고, 그런 말이 입에서 흘러나왔다.

미즈토는 아주 약간, 내 쪽을 돌아봤다.

"이렇게 느긋하게, 시간이 흘러가는 게……."

"……너는 요즘 여러모로 바빴잖아."

"그래……."

동거와 고등학교라고 하는 새로운 생활에 익숙해지면서, 성적도 열심히 유지했다.

2학기 들어서는 문화제 실행위원이 되어서, 쿠레나이 회장과 만났다.

그리고 학생회에 들어간 후로는 한 번도 해보지 못한 일을 계속 처리해야만 했다……. 각 동아리와 위원회의 절충 및 학교 행사 준비— 게다가 여행도 갔다.

그리고, 새해를 맞이하면서 미즈토와 다시 사귀게 되었고— 엄마와 학교 사람들 몰래 사귀느라 고생했다.

"바쁘게 지내는 것도 신선한 느낌이라 좋았지만……."

중학생 때까지는 이렇지 않았다.

할 수 있는 일이 한정되어 있었다. 내가 살아가는 세상 자체가 좁았다.

"때로는, 이런 시간을 가지고 싶어……."

무슨 일을 할 때도 체력이 필요하다.

옛날에는 할 일이 산더미 같은 학교생활을 꿈꿨다. 하지만 실제로 그렇게 살아보니, 피곤한 순간이 찾아왔다.

그럴 때, 함께 세간의 시간으로부터 거리를 둬주는 사람이 있다는 게 참 행복하고 행운인 것처럼 느껴졌다.

나는 아마, 말도 안 될 만큼 축복받은 환경 속에 있을 것이다.

예전에는 자기 자신이라는 존재에게 실망했다. 남들이 당연하게 해내는 일을 하지 못했다. 어떻게 하면 남들처럼 살 수 있을지 고민했다.

하지만 미즈토를 만난 순간부터, 모든 것이 뒤집혔다.

시야가 좁다고 해도 어쩔 수 없다. 사실이니 말이다. 미즈토와 만나지 않았다면 자신을 바꾸자는 생각을 못 했을 것이며, 고교 데뷔를 하자는 생각도 못 했다. 내가 생각해도 부끄러울 정도로, 사랑에 의해 인생이 바뀐 끝에 지금의 내가 존재한다.

그리고 이렇게 좋은 결과로 이어질 수 있었던 것은, 상대가 미즈토여서다.

지금 이렇게 옆에서 걸어주는 이가, 미즈토여서다—.

"저기……."

말을 건넸다.

대답은 듣지 않았다.

미즈토의 빈손을 내 손으로 휘감았다.

어깨를 맞대며 그의 온기를 느꼈다.

"왜 그래?"

"안 돼?"

괜찮다. 괜찮다.

내 각오는 들키지 않았다. 이것은 귀여운 여친의, 귀여운 스킨십—.

—아니, 아마도…….

이런 변명조차— 이런 고집 싸움조차—.

우리 나름의 스킨십에 지나지 않으며…….

분명, 준비운동 같은 것이리라.

마지막 벽을— 무너뜨리기 위한 준비운동 말이다.

"……."

"……."

집에 도착할 때까지 더는 아무 말도 하지 않았다.

점점 더 빠르게 뛰는 심장 고동만을 나는 듣고 있었다.

이리도 미즈토 ◆ 둘째 날 5

저녁 식사는, 별문제 없이 마쳤다.

돼지고기 생강구이도 망치지는 않았고, 양배추를 썰다 손가락을 다치지도 않았다. 식사 중에 거북한 침묵이 흐르지도 않았으며, 우리는 지금 읽고 있는 책 이야기와, 4월부터 시작될 새 학기에 관해 이야기했다.

"목욕, 먼저 해."

"그래도 돼?"

"나, 시간이 걸릴 것 같거든."

나는 어깨까지 물에 담근 채, 「휴우……」 하고 가늘고 긴 한숨을 내쉬었다.

"……좋아."

작은 목소리로 그렇게 중얼거린 나는 평소보다 좀 더 꼼꼼하게 몸을 씻은 후, 유메와 교대했다.

그리고 준비를 하기 위해 2층으로 올라갔다.

이리도 유메 ◆ 둘째 날 6

욕실에서 나온 나는 우선 목욕수건을 몸에 두른 채 머리카락을 말렸다.

그리고 만반의 준비 끝에, 탈의실에 가져온 옷가지를 향해 손을 뻗었다.

어제 입었지만 써먹어보지 못했기에, 아침에 손으로 빨아서 방에 널어놨던 승부 속옷은 겨우겨우 다 말랐다.

이날을 위해 준비한 섹시 란제리— 나답지 않다는 생각이 들어서 평소 입는(그중에서도 좀 귀여운) 속옷을 입을지 끝까지 고민했지만, 살 때의 내 각오를 헤아려주기로 했다.

브래지어의 컵 안에 옆구리 살을 정성 들여 밀어 넣었다.

아소 선배를 따라 하는 건 아니지만, 이 정도 허세는 여자애의 교양이다.

속옷 차림인 자기 자신의 모습을 체크해본 후, 그 위에 평소 애용하는 잠옷을 입었다.

"……좋아."

작은 목소리로 그렇게 중얼거린 나는 평소에는 땋는 머리카락을 늘어뜨린 채, 탈의실을 나섰다.

그리고 거실에서, 미즈토와 얼굴을 마주했다.

이리도 미즈토 ◆ 둘째 날 7

욕실에서 나온 유메를, 나는 힐끔 쳐다봤다.

그녀는 딱히 별말 없이 내가 앉아 있는 소파에 앉았다.

우리 사이의 거리는 사람 한 명 앉을 정도다.

손을 뻗으면 가깝고, 뻗지 않으면 멀다.

"……"

"……"

지금의 침묵은 거북하게 느껴지지 않았다.

굳이 말로 표현하자면…… 그래…… 『낯간지럽다』라고 해야 할까.

가슴속에서 긴장과 안도가 뒤섞인 침묵이 감돌고 있었다……

"……"

"……"

나는— 손을 내려놨다.

유메와 나의 딱 중간 지점에 왼손을 둔 것이다.

말하지 않으면 알 수 없는 것도 있다.

타이밍을 만드는 건 힘들다.

하지만, 이미 타이밍은 만들어졌다는 생각이 들었다.

말해야만 알 수 있는 것과 말 안 해도 알 수 있는 것의 중간에, 내 손이 있다.

그 정도의 신뢰 관계는 형성되어 있다고— 나는 믿는다.

이리도 유메 ◆ 둘째 날 8

나는— 손을 뒀다.

미즈토가 소파에 둔 손 위에, 포개듯이…….

꼬옥하고 손가락 끝에만 힘을 주자, 미즈토는 천천히 나를 쳐다봤다.

나는 옅은 미소를 머금으며 작게 속삭였다.

"—내 승리야."

그 말대로— 먼저 손을 내민 건 미즈토였다.

미즈토는 웃음을 흘렸다.

"때와 장소를 가려—라며?"

"······아."

뭐야.

나, 이미······ 졌던 거구나.

"······오빠가 될래?"

"왜?"

"룰."

"아······."

1년 전에 정한 룰을 나는 어겼다.

"뭐, 됐어."

"왜?"

"지금은, 가족이 아니잖아."

······그렇다. 그 말이 옳다.

미즈토는 내 손을 쥐더니, 소리 없이 소파에서 일어섰다.

나도 이어서 몸을 일으켰다.

"······긴장, 했어?"

"응."

미즈토는 주저 없이 그렇게 말했지만, 그런 그의 얼굴에
는 부드러운 미소가 어려 있었다.

"하지만, 나한테 고백했을 때의 너만큼은 아냐."

"······그런 옛날 일은 잊어주지 않겠어?"

나는 비어 있는 손으로, 미즈토의 가슴을 가볍게 두드렸
다. 미즈토는 낮은 웃음을 흘리며 가만히 있었다.

우리는 손을 맞잡은 채 거실을 나섰다.

이 집에는 우리 말고는 아무도 없지만, 발소리를 내지 않으며 계단을 올라갔다.

2층 복도에 도착하자, 나는 맞잡은 미즈토의 손을 살며시 당겼다.

"……저기."

"응?"

"내 방에서…… 하자."

미즈토가 돌아보자, 나는 얼굴이 빨개지는 걸 느끼면서 말했다.

"그게…… 만약 피가 나서…… 들키더라도……."

"아…… 그래."

미즈토도 부끄러운지 눈을 돌렸다.

"그편이, 낫겠지. ……그러자."

말하지 않아도, 눈치채줬다.

그게 참, 기분 좋았다.

그리고 우리는 손을 맞잡은 채, 같은 방에 들어갔다.

이리도 미즈토 ◆ 둘째 날 9

불을 켜자, 익숙한 유메의 방이 훤해졌다.

깨끗하게 정돈되어 있었다. 항상 문 너머로 언뜻 봤을 뿐

이지만, 학생회 일로 바쁠 때는 책상과 바닥이 어지럽혀져
있었다.

게다가 난방이 켜져 있어서 따뜻했다. 목욕을 하기 전, 옷
가지를 가지러 방에 왔을 때 켜둔 게 틀림없다. 3월은 아직—
쌀쌀하니 말이다.

유메는 손을 등 뒤로 돌려서 문을 닫더니, 내 손을 놓고
침대 베갯머리에 놓인 리모컨을 쥐었다. 그리고 조명의 불빛
을 낮춰서, 방안을 어둑하게 만들었다.

"앗, ……저기……."

유메는 내 시선을 눈치채고 돌아보더니, 허둥지둥 말했다.

"너, 너무…… 밝지는 않은 편이 좋을 것, 같아……서……."

"뭐…… 아마 그럴 거야."

나는 슬쩍 창문 쪽을 쳐다봤다. 커튼은 애초에 처져 있었다.

유메는 침대 가장자리에 걸터앉았다.

나는 머뭇머뭇, 그녀의 옆에 앉았다.

유메는 자기 머리카락을 쉴 새 없이 손으로 빗고 있었다.
머리카락이 흐트러졌나 싶어서 저러는 게 아니다. 지금 이
타이밍에 뭘 하면 좋을지 모르는 것이다.

이미, 승부는 났다.

그렇다면, 아마…… 내가 리드를 해야 마땅할 것이다.

나는 살며시— 유메의 어깨를 만졌다.

"흐윽."

무심코 목소리를 흘린 순간, 미즈토가 손을 뗐다.

"아……."

실수했다고 생각하며, 미즈토의 얼굴을 머뭇머뭇 쳐다봤다.

미즈토는 어중간하게 손을 들고 있었다. 그 모습에서 평소의 냉철한 미즈토에게서는 느끼지 못했던 긴장감이 묻어났기에, 나는 또 무심코 웃음을 흘렸다.

"귀여워."

그렇게 중얼거리자, 미즈토는 약간 불만이 어린 표정을 지었다.

그 얼굴을 좀 더 즐기고 싶다고 생각한 나는 미즈토가 어중간하게 들고 있는 손을 살며시 잡아서, 그의 손바닥을 엄지로 살며시 매만졌다.

미즈토는 체념한 듯이 어깨에서 힘을 빼더니, 내가 잡고 있는 손을 내 볼에 댔다.

"너도……."

숨결과 함께 속삭이듯 하던 말이, 도중에 잠시 멈췄다.

"……귀여워."

참 잘했어요.

마음속으로 그렇게 말한 나는 미즈토의 입술을 받아들였다.

깊디깊었다.

이제까지는 닿은 적 없는 곳에 닿을 만큼, 깊은 키스였다.

입술을 포갠 채, 나는 유메의 어깨를 살며시 잡았다.

그렇게 키스를 한 후, 눈을 떴다. 우리는 거리를 벌리지 않은 채, 몸을 밀착시킨 상태에서, 서로의 얼굴을 응시했다.

그리고 다시 한번 입술을 포갠 후, 나는 유메의 어깨를 잡은 손을 아래편으로 옮겼다.

아직 이를까.

하지만 이제부터 우리가 하려는 건 그런 일이라는 것을 이참에 선언해두고 싶다는 마음에 휩싸였다…….

천천히…….

손바닥이…….

봉긋한 가슴에— 닿았다.

잠옷 너머로 느껴진 감촉은, 결코 감동적이지 않았다. 잘 모르겠다, 라는 것이 솔직한 감상이었다.

하지만, 유메는 도망치지 않았다.

그 사실이 그 무엇보다도 나에게 용기를 줬다.

입술을 뗐는데도, 우리는 작게 숨을 내쉬며 서로를 응시했다.

내 가슴에 닿은 손은, 음란하게 주무르는 게 아니라 심장의 고동을 확인하려는 듯이, 그저 살며시 닿아 있었다.

전혀 싫지 않았다.

이 크면서도 평온한 고동이 미즈토에게 전해진다고 생각하니, 오히려 안심됐다.

나도 미즈토의 가슴에 손을 댔다.

두근두근두근, 하며 빠른 고동이 손바닥에서 느껴졌다.

어째서일까. 당연한 것인데, 왜 이렇게 기쁠까.

시계 소리도, 숨소리도, 어느새 들리지 않게 되더니, 그저 서로의 심장 뛰는 소리만 들렸다.

그 리듬이 일치한 순간 미즈토의 다른 손이 내 어깨를 살며시 밀었다.

"앗."

내가 작은 목소리로 저항의 뜻을 밝히자, 미즈토의 손이 움직임을 멈췄다.

"옷……."

자연스럽게 흘러나온 말이, 우리를 더욱 나아가게 해줬다.

등을 보인 유메가, 잠옷 자락을 쥔 손을 힘차게 들어 올렸다.

새하얀 등이 한순간 드러나더니, 곧 긴 머리카락에 뒤덮이며 가려졌다.

그 모습을 도취된 듯이 바라보고 있는 나에게, 날카로운 시선이 꽂혔다.

"약았어……"

유메가 나를 돌아보더니, 비난하듯이 눈을 가늘게 떴다. 아, 이럴 때가 아니다. 나도 벗어야 한다.

내가 잠옷을 벗는 사이, 유메도 바지를 벗었다. 그 모습을 놓쳐서 아쉽단 생각은, 다음 순간에 머릿속에서 사라졌다.

"……"

검은색 브래지어와 팬티만을 입은 유메가, 침대 위에 비스듬히 앉아 있었다.

그 모습을 본 순간, 아까까지는 긴장에 사로잡히면서도 평온하게 뛰던 심장이 두근!! 하며 격렬하게 뛰었다.

풍만한 가슴을 감싼 브래지어는 윗부분이 비쳐 보이는 구조인, 고등학생이 입기에는 섹시한 디자인이었다. 분명 오늘을 위해 준비한 것이리라. 그렇게 생각하니, 섹시하다는 느낌보다 사랑스럽다는 마음이 먼저 가슴속에서 북받쳐 올랐다.

그 브래지어와 세트인 팬티를 입은 엉덩이를 슬며시 옮기면서, 유메는 벌게진 얼굴로 뭔가를 기다리듯 나를 응시했다.

"아…… 으음……."

센스 있는 말은, 도저히 생각나지 않았다.

"아…… 아름다워……."

내가 생각해도, 참 진부한 말이었다.

하지만 자기를 위해 고른 속옷을 입은 여친을 그 이외의 말로 형용하는 것은, 제아무리 위대한 문장가라도 무리 아닐까.

"고…… 고마, 워."

유메는 허리를 감추듯 자기 팔을 움켜쥐고 있던 손을, 엉덩이 뒤편으로 옮겼다.

평소에는 상상도 할 수 없을 만큼 요염한 그 속옷 차림은 영원토록 보고 있어도 질리지 않을 것만 같지만, 오늘은 여기가 결승점이 아니다.

"휴우……."

자기 자신을 진정시키려는 듯이, 유메는 기나긴 숨결을 토했다.

그리고 마음을 북돋으려는 듯이 입술을 꼭 다물더니, 두 손을 등 뒤로 돌렸다.

뚝.

그런— 결정적인 소리가 들렸다.

어깨끈이, 헐렁해졌다.

유메는 브래지어의 컵 부분을 손으로 감싸면서, 좌우의 어깨끈을 팔 쪽으로 흘러내리게 했다.

그리고—.

꼭 눈을 감으며…….

떨리는 손으로…….

브래지어를 — 무릎 위에 — 벗어, 놨다…….

"――――."

눈앞에 나타난, 아무것도 걸치지 않은 유메의 상반신을, 나는 어떤 말로 표현하면 좋을지 알 수 없었다.

형태라든가.

크기라든가.

그런 것이 아니라— 그것이 눈앞에 있다는 사실이, 우리 사이의 벽을 부쉈다.

마지막 벽이 사라졌다.

그 사실이 가장, 중요했다—.

"유메—."

"앗."

정신을 차리고 보니, 나는 유메의 어깨를 살며시 밀어서 그녀를 침대에 눕혔다.

묶지 않은 그녀의 긴 머리카락이, 침대 위에 펼쳐지듯 깔렸다.

그 한가운데에, 세상에서 가장 소중한 여자애가 있다.

"······."

"······."

우리는 어둑어둑한 방의 침대에서, 아무 말 없이 응시했다.

상대는 같은 또래 여자애. 한때는 그 이상이었고, **지금도** 그 이상인 여자애.

그녀 이상 가는 존재는— 현재, 과거, 미래, 그 어디를 찾아봐도 존재하지 않는다.

손을 뻗었다.

손을 만졌다.

손을 포갰다.

우리를 가로막는 건, 이제 존재하지 않는다.

이리도 유메 ◆ 둘째 날 14

사랑은, 모르는 것투성이였다.

상대가 무엇을 좋아하는가. 무엇을 보고 있는가. 무엇을 만지고 싶어 하는가.

그 안에 자신은 포함되어 있는가.

눈에 보이지 않는 상대의 마음을, 망상하고 억측하며 기우에 사로잡힌 채, 홀로 멋대로 고민했다.

한 번은 알았다고 생각했지만, 곧 착각이었다는 사실을 깨달았다.

우쭐대지 마라, 하고 누군가가 꾸짖는 것만 같았다.

그걸로 질렸으면 좋았을 테지만, 어찌 된 건지 또 멋대로 이해하려 들었다.

그것은 분명, 상대 또한 자신을 알아줬으면 하기 때문이리라.

그 어떤 이해도 수박 겉 핥기에 지나지 않았고, 마음을 들여다보지는 못했다.

마음이 통했다고 생각한 다음 날, 엇갈리며 다퉜다.

하지만 그것을 반복하면서, 앞으로 나아가고 있다는 느낌을 받았다.

조금이지만, 미세하지만— 벽이 사라지고 있다는 느낌을 받았다.

벽이 사라지면, 말이 닿는다.

말이 닿으면, 마음이 통한다.
마음이 통하면, 손을 뻗을 수 있다.
손을 뻗으면 네가 있어.

이리도 유메 ◆ 셋째 날 1

분명 내일부터도, 우리는 툭하면 다툴 것이다.
별것 아닌 일로 고집을 부리며…….
보잘것없는 고집을 지키려고…….
하지만 그 다음 날에는 하나 더, 상대를 알게 된 듯한 느
낌을 받을 것이다.

이리도 미즈토 ◆ 셋째 날 2

착각이라도 좋다.

이리도 유메 ◆ 셋째 날 3

수박 겉 핥기라도 상관없다.

이리도 미즈토 ◆ 셋째 날 4

그것을 쭉 계속하다 보면—.

이리도 유메 ◆ 셋째 날 5

—누구보다도 상대를, 소중하게 생각할 수 있을 테니까.

이리도 미즈토 ◆ 셋째 날 6

"좁아서 자기 힘들어……."

내 팔에 머리를 얹은 유메가, 인상을 쓰면서 클레임을 걸었다.

"네가 해보고 싶댔잖아."

"하지만 공주님 안기에 버금가는 여자애의 낭만 그 자체라고나 할까……. 미즈토는 그런 거 없어?"

"지금, 시시각각 그 낭만을 잃는 중이야. 팔이 되게 저려."

"진짜 낭만을 모른다니깐……."

유메가 고개를 살며시 들자, 나는 그 틈에 팔을 이불 안에 집어넣었다.

다시 베개를 벤 유메의 얼굴은 약간 땀에 젖어 있었다. 그런 얼굴에 흐트러진 머리카락 한 올이 붙어 있었다. 나는 저리지 않은 손으로, 그 머리카락을 떼줬다.

"하암…… 자고 싶지만, 그 전에 다시 씻고 싶어……."

유메가 하품을 하며 그렇게 말하자, 나는 걱정 섞인 목소리로 말했다.

"괜찮겠어?"

"응…… 괜찮아."

"그럼 됐지만……."

"정 걱정되면, 같이 씻을래?"

유메는 요염한 미소를 머금었다.

"그편이 빨리 끝날 거잖아."

"……욕조 물은 완전히 식었겠지?"

"오늘 하루 정도는 다시 데우자."

유메는 영차 하면서 상반신을 내 몸 위에 얹었다. 팔을 뻗어서 침대 옆의 바닥을 뒤지고 있는 것 같았다. 나는 그동안, 내 상반신에 닿아서 눌린 만두 같은 모양이 된 유메의 가슴을, 신기하다는 듯이 쳐다보고 있었다.

"으음, 분명 이 근처에…… 아, 여기 있네."

유메가 바닥에서 주워 든 것은, 벗어놨던 브래지어였다.

상체를 치운 유메는 침대 위에 앉았다. 그리고 주워 든 브래지어를 입으려고 하자…….

"옷 입을 거야?"

"뭐?"

"어차피 다시 벗어야 하잖아."

유메는 브래지어의 어깨끈에 손을 집어넣으려다 그대로 굳어버렸다.

목욕하려면 어차피 다시 벗어야 하니, 괜히 옷을 입을 필요는 없을 것이다.

"아, 아니, 하지만…… 알몸으로 1층에 내려가는 건……."

"우리 말고는 아무도 없으니까, 괜찮아."

나는 이불을 걷으며 몸을 일으켰다. 그리고 침대에서 나간 후, 터벅터벅 문 쪽으로 향했다.

"한밤중이니까, 우편물이 오지도ㅡ"

문을 열었다.

찬바람이 흘러들어왔다.

문을 닫았다.

"……추워……."

그렇다.

이 방은 유메가 난방을 미리 켜놓은 덕분에 훈훈하지만, 복도는 3월의 밤 기온이다. 3월은 겨울과 별반 다를 게 없을 만큼 춥다. 도저히 알몸으로 돌아다닐 수 있는 환경이 아니다.

"옷…… 입는 편이 좋겠는걸."

"아…… 그, 그렇구나……. 맞아……. 잘 생각해 보니, 물 다시 데우는 데도 시간이 걸릴 테니까……."

유메의 목소리와 표정에서 아쉬움이 느껴지자, 나는 씨익 웃었다.

"혹시, 해보고 싶었던 거야?"

"그, 그런 건……."

"학생회 청초 담당인 우등생에게 안성맞춤인 모험이긴 하네."

"어째서 네가 그걸 아는 건데?!"

갑자기 수치심이 되살아난 건지, 유메는 이불로 알몸을 가렸다. 지혜의 열매를 먹은 이브 같았다.

"흥미가 생기는 건 이해하지만, 옷을 입는 편이 나을 거야. 감기에 걸려도 부모님께 이유를 설명할 수가 없잖아."

"윽……. 그런 바보 같은 이유로 들키고 싶지 않아……."

유메는 서둘러 브래지어를 걸치더니, 등 뒤로 손을 돌려 후크를 채웠다. 그리고 침대에서 나오더니, 몸을 숙여서 바닥에 굴러다니던 팬티를 주웠다. 그리고 침대에 걸터앉아서 팬티에 발을 집어넣더니, 몸을 일으켜서 허벅지를 지나 엉덩이까지 올려 입었다.

그 모습을 본 나는 팔짱을 끼며 말했다.

"이렇게 다시 보니……."

"응?"

유메는 의아한 표정을 지으며 돌아봤다. 곳곳이 투명해서 살색이 비치는 속옷 디자인이, 똑똑히 두 눈에 들어왔다.

"꽤 용기를 냈는걸."

"뭐엇……!"

"그쪽 방면의 지식은 없을 줄 알았는데, 너도 꽤 주워들은 게 많─."

"시끄러워! 빨리 팬티나 입어!"

내 얼굴에 팬티가 명중했다. 나를 위해 용기를 내준 유메에게 감사의 뜻을 표하려던 것뿐이지만, 그녀는 여전히 여유가 없는 것 같았다.

속옷과 잠옷을 다시 입은 후, 둘이 함께 1층으로 내려갔다.

물이 다시 데워지기를 기다리는 동안, 말라버린 목을 축였다. 그렇게 한숨 돌린 후에는 졸음을 참기 위해 스마트폰을 손에 쥐었고, 움직임이 그다지 없는 한밤중의 SNS를 멍하니 살펴봤다.

"……아, 물 다 데워졌어……."

내 어깨에 기대서 꾸벅꾸벅 졸던 유메는 몸을 일으키며 눈을 비볐다.

우리는 함께, 탈의실에 들어갔다.

"영차……."

유메가 옷을 벗는 모습을 보는 건, 이것으로 두 번째다. 아까는 심장이 터질 것 같았지만, 지금은 차분했다. 역시 경험을 마친 덕분에 여유가 생긴 것 같았다.

나는 금방 잠옷과 팬티를 벗은 후, 세탁기 안에 넣었다. 유메는 브래지어와 팬티를 세면대 옆에 뒀다. 세탁기에 돌리면 안 되는 종류인 것 같았다.

"그거, 안 들키게 조심해야겠네."

"아…… 응."

유메는 쓴웃음을 머금으며 자신의 승부 속옷을 쳐다봤다.

"추궁당할 게 뻔해……."

그런 유메는 고무 머리끈으로 긴 머리카락을 능숙하게 올려 묶었다. 도와줄까도 생각했지만, 역시 매일 해서 그런지 익숙해 보였다.

그리고 우리는, 함께 욕실에 들어갔다.

샤워기의 물방울에 맞은 유메가 「앗, 차가워」 하며 화들짝 놀랐다. 그 모습을 본 나는 유메를 향해 샤워기를 들었다.

"꺄앗?! 정말!"

유메는 눈을 부라렸고, 나는 크큭 하고 웃음을 흘렸다.

그러자 유메는 복수를 하려는 듯이, 물에 젖어 차가운 손을 내 목덜미에 댔다. 그러는 사이, 샤워기에서는 뜨거운 물이 나오게 됐다.

나는 자기 몸을 가볍게 씻은 후, 유메를 향해 샤워기를 들었다. 봉긋한 가슴과 허리의 곡선을 따라, 물이 강처럼 흘러내렸다.

"씻겨줄까?"

"변태."

"그렇지?"

이제는 숨겨봤자 의미 없다.

"다음에 하자."

그렇게 말한 유메는 나한테서 샤워기를 빼앗았다.

유메가 자기 몸을 씻는 사이, 나는 욕조에 들어갔다.

따뜻한 물에 몸을 담근 채, 샤워하는 유메를 올려다봤다. 당연하겠지만, 참 신선한 광경이었다. 서로가 이런 모습을 하고 있는데도 자연스러웠고, 알몸을 숨기려고 하지도 않았다.

"저기."

피부를 물로 적신 유메가, 욕조 가장자리를 짚으며 말했다.

"조금만 옆으로 비켜봐."

"좁거든?"

"괜찮아."

내가 무릎을 살짝 접자, 유메가 욕조 안으로 발을 집어넣었다. 마주 보며 앉을 줄 알았지만, 유메는 내 얼굴을 향해 엉덩이를 내밀었다. 새하얀 엉덩이가 눈앞을 가르면서 물속으로 들어가더니, 내 무릎 사이에 딱 자리했다.

첨벙, 하며 대량의 물이 욕조 밖으로 흘러넘치면서 배수구를 통해 사라졌다.

"휴우……."

유메는 내 몸에 기대며 긴장을 풀었다.

나는 그런 그녀의 얼굴을 내려다보며 물었다.

"왜 돌아앉은 거야?"

"아…… 그게……."

에헤헤, 하고 얼버무리듯 웃은 유메가 말을 이었다.

"정면에서 알몸을 보여줬다간, 아직은 긴장될 것 같거든."

아, 그렇구나.

나는 유메의 허리에 손을 두르며 말했다.

"할 때는 서로의 몸을 볼 여유가 없긴 했어. 얼굴과 베개만 보였다니깐."

"나도…… 네 얼굴과 천장만 눈에 들어왔어."

뭐, 지금은— 시선을 내리자, 물 위에 떠 있는 새하얀 물체가 눈에 들어왔다.

유메는 「하아……」 하고 깊은 한숨을 내쉬었다.

"저질러버렸어……."

"후회해?"

"아니, 전혀 안 해."

내 어깨에 뒤통수를 얹은 유메가 천장을 올려다보았다.

"선배의 이야기를 듣고 불안했었는데…… 끝나고 보니, 생각했던 것보다……."

"기분 좋았어?"

"바보. 징그럽거든?"

알고 있었다. 지금이라면 이 정도 농담을 받아주리라는 것을 말이다.

"기분 좋았는지는, 솔직히, 아직 모르겠지만…… 왠지, 이

제까지보다 훨씬 깊게 이어진 느낌이 들었달까…… 만족감이 든다고나 할까…….'

"뭐, 하고 싶은 말이 뭔지 알 것 같아."

혼자가 아니다.

그런 느낌이 들었다.

"……고마워."

"뭐가 말이야?"

"신사가 되려고 노력해줬잖아."

"신사였거든?"

"처음에만 말이지."

"……."

"후후."

유메는 금방이라도 녹아내릴 듯한 미소를 머금더니, 몸을 물속에 살짝 잠갔다. 나는 허리에 두른 손에 힘을 주며, 그런 그녀의 몸을 지탱했다.

"머리카락 감으려니, 귀찮네……."

"오늘은 이미 감았잖아."

"아, 맞아."

"땀만 씻고 나가자."

"응……."

유메의 목소리가 점점 잦아들면서, 점점 잠에 빠져드는 게 느껴졌다.

"저기, 미즈토."

"응?"

"같이 자자."

"씻고 나서 말이야."

"응……."

"여기서 잠들면 확 장난칠 거야……."

"응……."

"……."

"꺄앗?!"

유메의 새하얀 목덜미를 흡혈귀처럼 살짝 깨물어주자, 그 효과는 엄청났다.

「자국이 남으면 어쩔 거야?!」 하면서 유메에게 혼난 후, 우리는 욕실을 나섰다.

이리도 유메 ◆ 셋째 날 7

서서히 깨어나는 의식 속에서, 나는 폭신하고 따뜻한 무언가를 끌어안고 있었다.

뒤늦게, 다른 감각이 깨어났다. 부활한 청각이, 곤한 숨소리를 들었다. 그 리듬에 몸을 맡기고 있을 때, 어젯밤의 꿈만 같은 일들이, 서서히 윤곽을 되찾듯이 머릿속에 떠올랐다.

아아…… 그래. 우리…….

천천히 눈을 떴다.

흐릿한 시야에, 미즈토의 얼굴이 들어왔다.

그 사실에는 놀라지 않았다. 당황하지 않았다. 부끄러워하지도 않았다.

우리는, 그런 사이가 됐으니 말이다.

"으, 으응……."

나는 한동안 눈을 깜빡인 후, 반쯤 깬 상태에서 베갯머리를 더듬었다. 겨우 찾던 물건— 스마트폰을 발견한 나는 화면을 켜서 시간을 확인했다.

"벌써 시간이 이렇게 됐네……."

아침이 아니라, 점심때가 됐다.

두 사람의 체온으로 데워진 이불이, 바닥없는 늪처럼 나를 유혹했다. 한숨 더 자고 싶다는 유혹을 거부하는 건 힘들었지만, 현재 시간을 보고 있으니 점점 졸음기가 가셨다.

아니…….

"……이건, 미즈토의 스마트폰이야……."

슬며시 몸을 일으켜서, 스마트폰을 원래 장소에 뒀다. 그 옆에 놓여 있던 내 스마트폰을 손에 쥔 후, 미즈토를 깨우지 않으려고 조심하면서 침대 밖으로 발을 내밀었다.

"큰일 날 뻔했네."

바닥에 쌓인 책을 걷어찰 뻔했다.

그렇다. 여기는 미즈토의 방이다. 내 방은 냄새와 분위기

탓에 또 야릇한 기분이 들 것 같아서, 미즈토의 방에서 같이 자기로 했었다.

"으응……."

신음 소리가 들려오자, 나는 고개를 돌렸다.

이불 밖으로 나온 미즈토가 몸을 돌리더니, 눈을 어렴풋이 떴다.

나는 말했다.

"좋은 아침이야."

"좋은 아침……."

자다 일어나서 그런지, 목소리가 갈라진 상태였다.

"나, 세수하고 올게."

"응……."

"또 자면 안 돼. 충분히 잤잖아?"

"응……."

으음…… 많이 졸리나 보네. 그래도 귀여우니 용서해주자.

굿모닝 키스라도 해줄까 했지만, 자다 일어나면 입 냄새가 난다고 하니까……. 참기로 한 나는 침대에서 완전히 나왔다.

허리에 손을 대며, 몸을 젖혔다. 몸 상태는…… 괜찮은 것 같다.

미즈토의 방을 나섰다. 그대로 1층으로 내려갈까 했지만, 그 전에 할 일이 있다는 걸 떠올린 나는 자기 방의 문을 열었다.

창문은 활짝 열려 있었다. 어쩌면 냄새가 남아 있을지도 몰라서, 어젯밤에 잠들기 전에 환기시켰다.

남은 문제는 시트인가…….

겉보기는 물론이고, 냄새도 신경 쓰였다. 어젯밤에 빨았어야 했지만, 목욕을 하면서 무심코 세탁기를 돌린 바람에, 세탁이 끝날 때까지 기다려야만 했다. 하지만 졸음을 참을 수 없었던 탓에, 그대로 잠들어 버린 것이다…….

부모님이 돌아오는 건, 오늘 저녁때다. 이제부터라도 세탁하면, 아마 그 전에 마를 것이다.

나는 침대에서 시트를 벗겨낸 후, 그것을 들고 1층으로 내려갔다.

탈의실에 들어가서 일단 시트를 내려놓은 후, 세탁기에서 어제 돌린 잠옷과 속옷을 꺼냈다. 바로 그때, 눈치챘다. 승부 속옷을 세면대에 그냥 뒀어!

우선 시트를 세탁망에 넣어서 세탁기에 집어넣은 후, 스위치 온. 그 후에 서둘러 속옷을 손빨래했다. 방에 널어서 말릴 수밖에 없는데, 저녁때가 되기 전에 마를까……. 최악의 상황에는 다 마르지 않은 상태에서 숨길 수밖에 없다.

일련의 작업을 마치고 한숨 돌린 나는 그제야 세수를 했다.

생각했던 것보다 큰일이네……. 아카츠키 양이 말한 것처럼, 부모님이 있는 집에서 몰래— 같은 건, 판타지 같은 일 아닐까?

세수를 마치고 이를 닦으려고 할 때, 계단을 내려오는 발소리가 들렸다.

드르륵하며 문이 열리더니, 머리가 엉망인 미즈토가 얼굴을 비췄다.

"……좋은 아침."

나는 칫솔을 든 채 미즈토를 돌아봤다.

"두 번째야."

"응……?"

"좋은 아침이야."

미즈토는 고개를 갸웃거렸다. 막 일어났을 때는 컨디션이 별로인 것 같았다.

나는 칫솔에 치약을 짠 후, 그것을 입에 물며 세면대 앞에서 비켜섰다. 미즈토는 엉망인 머리카락을 손으로 정리하면서 내 옆에 섰다.

"……아."

물을 틀기 전, 미즈토는 세탁기가 돌아가고 있다는 것을 눈치챘다.

"깜빡했어……."

"내가 다 했어."

"미안해."

"뭐가?"

"전부 떠넘겼잖아……."

막 잠에서 깨서 그런지, 미즈토는 순순히 미안하다고 말했다. 배려해주는 것 같았다.

"괜찮아."

"······쓰레기는 내가 버리고 올게."

"잘 부탁해."

잠시 침묵을 지킨 후, 나는 이를 닦기 시작했다.

미즈토는 재빨리 세수를 한 후, 나와 마찬가지로 이를 닦기 시작했다. 나는 먼저 양치질을 마치고 입도 헹궜지만, 미즈토가 양치질을 마칠 때까지 기다렸다.

미즈토는 입을 헹군 후, 수건으로 입가를 닦았다.

그리고 뒤를 돌아보는 그에게, 나는 옅은 미소를 지으며 말했다.

"준비 완료."

고개를 갸웃거리는 미즈토의 앞에 서서, 나는 가볍게 턱을 들어 보였다.

"응!"

"아······."

미즈토는 쓴웃음을 짓더니, 내 어깨에 손을 얹었다.

내가 눈을 감자, 미즈토는 입술을 포갰고······.

"읔~?!"

혀를 집어넣었어?!

미즈토에게 붙잡힌 채로 입 안을 유린당한 후, 겨우 입술을 떼며 해방된 나는 항의했다.

"아침부터 너무 달리는 거 아냐?!"

"네가 바라는 줄 알았거든."

크크크큭, 하고 미즈토가 곱씹는 듯한 웃음을 흘렸다. 사람이 어리광 좀 부려주니까…… 성격이 참 더럽다. 솔직하게 표현하지 못하는 거야?

"배고픈걸. 옷 갈아입고 밥이라도 먹으러 가자."

"어디 갈 거야?"

"식비 남았으니까, 좀 사치 좀 부려볼까. 뒤풀이 삼아서 말이지."

"뒤풀이라니……."

나는 쓴웃음을 지으면서, 미즈토와 함께 탈의실을 나섰다.

바로 그때, 내 스마트폰이 작게 울렸다.

화면을 보니, 엄마한테서 LINE 메시지가 와 있었다.

"부모님, 네 시쯤 도착하신대."

"생각보다 빠른걸."

"이제 네 시간 남았구나……."

"그럼, 그때까지— 되돌아갈 준비를 해야겠지."

가족으로…….

……하고, 미즈토가 덧붙여 말했다.

나는 「응」 하며 고개를 끄덕인 후, 「하지만」 하면서 미즈토에게 살짝 몸을 기댔다.

"조금만······ 더······."

우리는 연인.

우리는 가족.

양쪽 다 관둘 생각은 없다.

그러는 한, 나는 분명 행복할 것이다.

아스하인 란 ◆ 남겨진 자의 함성

나는 홀로, 자기 방 천장을 올려다보고 있었다.

하지만 내가 떠올리고 있는 건, 머릿속에 새겨진 광경이다.

게시판에 붙어 있는 커다란 흰 종이.

많은 이들의 이름이 적힌 그것을 본 나는, 곧 한 장소로 향했다.

누군가와, 만날 가능성이 가장 큰 장소— 학생회실로 말이다.

—화이트데이에, 여자는 어쩌면 좋을까요…….

—그야 당당히 기다리면 돼! 당당히~!

—그냥 기다리기만 하는 것도 영 불편한데 말이지.

귀에 익숙한 목소리를 들으면서 문을 열자, 세 사람이 일제히 나를 돌아봤다.

—아스하인 양? 어서 와~.

여기까지 달려온 나는 숨을 헐떡이면서도, 멈추어 서지 않고 그녀에게 다가갔다.

—이리도 양! 봤나요?!

—어?

—저……!

몇 번이나 되풀이한 그 회상을, 나는 억지로 중단했다.

침대에서 몸을 일으킨 나는 책상 위에 놓여 있는 그것을,

처다봤다.

　보름 전에 돌려받은, 학년말 고사의 답안지.

　그 답안지 대부분에는 『100』이라는 숫자가, 적혀 있었다.

　보름 전— 게시판에 붙어 있던 종이에는, 이렇게 적혀 있었다.

　『1위 아스하인 란』
　『2위 이리도 유메』

　저기, 이리도 양.
　저, 이겼어요.
　저기, 이리도 양.
　저기······.

이리도 미즈토 ◆ 2학년 7반

새로운 학기.

그와 동시에, 새로운 학년.

약 2주 만에 교복을 입은 나와 유메는, 나란히 서서 같은 교실을 향하고 있었다.

"설마 올해도 같은 반이 될 줄이야~."

어처구니없는 듯한 말과는 달리, 유메의 표정은 왠지 즐거워 보였다.

2학년이 되면 반 배정을 새로 한다. 우리도 방금 새 학생증을 받았으며, 거기에는 새로운 반이 적혀 있었다.

2학년 7반.

1학년 때와 같은 반이다. ─작년의 학급을 생각해보면 단순히 성적순으로 반을 짜지는 않은 것 같지만, 아무래도 우리는 한 세트로 관리해도 문제없다고 판단한 것 같았다.

3학년이 되면, 진로에 따라 반이 나뉜다고 들었다. 나는 뼛속까지 문과이고, 유메는 이과다. 그러니 우리가 한 반이 되는 건 이번이 마지막이리라.

"아카츠키 양은 있을까……. 마키 양도, 나스카 양도……."

"신경 쓸 게 많아서 고생이겠네. 뭐, 나는 마음 편하지만 말이지."

"친구가 없는 걸 참 긍정적으로 여기는구나……."

문 위에 달린 학급 팻말을 살피며, 새로운 교실을 찾았다.

바로 그때— 어느 교실 앞 복도에서, 낯익은 인물이 수상한 거동을 보이는 광경을 목격했다.

"이사나?"

"어엇?"

나를 돌아본 이는, 아니나 다를까 히가시라 이사나였다.

몸을 한껏 웅크린 이사나는 나와 유메를 몇 번이나 번갈아 쳐다보더니, 「앗」 하고 말했다.

"호, 혹시…… 두 사람도, 7반인가요?!"

"그렇긴 한데…… 어머? 설마…….'"

"다행이야~~~~!!"

이사나는 진심으로 안도한 표정을 지으며, 유메를 꼭 끌어안았다.

"다행이에요~~~~!! 올해는 외톨이로 안 지내도 되겠네요~~~~!!"

"히가시라 양도 7반이야?"

"네!"

"와아, 잘 됐어!"

유메는 이사나의 손을 움켜쥐더니, 펄쩍펄쩍 뛰며 기뻐했다.

성적만 본다면, 이사나는 우리와 한참 떨어져 있지만……

반에서 완전히 외톨이인 이사나에게, 학교 측에서 자비를 베푼 거란 설이 유력하겠는걸.

우리는 적당히 기쁨을 나눈 후, 새로운 교실의 문을 열었다.

여러 사람이 시선이, 우리에게 쏟아졌다. 역시 그 대부분은 새로운 얼굴이었다. 그와 동시에 「어, 학생회의……!」, 「이리도 남매잖아」, 「이 반, 머리가 너무 좋은 거 아냐?」 같은 목소리가 들려왔다. 역시 유메와 같이 있으니 눈길을 끈다. 이사나는 남의 시선에서 벗어나기 위해, 재빨리 내 등 뒤로 피난했다.

"유메~!"

뭔가가 날치처럼 날아온다 싶었는데, 그건 바로 미나미 양이었다.

그 조그마한 체구를 받아준 유메는 「와아!」 하며 환성을 질렀다.

"같은 반?!"

"같은 반!"

와아와아, 꺄아꺄아.

두 사람이 환희의 춤을 추는 가운데, 조용히 우리에게 다가오는 한 남자가 있었다.

"여어, 이리도."

"너도 같은 반이냐……."

"인상 쓰지 말라고~. 나, 상처받거든?"

카와나미 코구레의 수상쩍은 미소를 보면서, 나는 어깨를 으쓱했다. 악연으로 얽혀 있단 느낌이 드는걸. 유감스럽게도 말이다.

환희의 춤을 마친 유메는 교실 안을 둘러봤다.

"마키 양과 나스카 양은?"

"그 두 사람은 다른 반이 됐어~. 하지만 다들 아는 애도 있거든?"

다들, 이라는 말은 유메만이 아니라 나와 이사나도 포함되어 있다는 뉘앙스였다.

미나미 양이 교실 한편을 손가락으로 가리켰다.

창가 가장 앞자리.

출석번호 1번인 학생이 배치되는 그 자리의 주위만은, 어찌 된 건지 팽팽한 긴장감이 감돌고 있었다.

원인은 물론, 그 자리에 앉아 있는 학생이다.

유난히 조그마한 체격에 엄격한 존재감이 깃들어 있는 그 여자애는, 나도 익히 아는 사람이었다.

"앗!"

유메는 놀란 듯한 목소리를 내더니, 종종걸음으로 그녀에게 다가갔다.

그녀의 주위에 긴장된 공기가 흐르는 것은, 누구도 다가가려 하지 않아서다.

하지만 유메만은— 이 교실에서 그녀와 가장 깊이 연관되어 있는 유메만은, 그 영역에 쉬이 발을 들일 수 있었다.

힘차게 두 손으로 책상을 짚으며, 유메는 말했다.

"같은 반이 됐구나! 잘 부탁해!"

턱을 괸 채 멍하니 창밖을 쳐다보던 그 여자애는, 그 목소리를 듣고서야 고개를 돌려서 유메를 쳐다봤다.

"잘 부탁드려요⋯⋯. 이리도 양—."

아스하인 란은 조심스럽다기보단 감정이 묻어나지 않는 목소리로 그렇게 말했다.

■역자 후기

안녕하십니까. 근로청년 번역가 이승원입니다.

『새 엄마가 데려온 딸이 전 여친이었다』10권을 구매해주셔서 진심으로 감사드립니다.

어느새 봄이 찾아왔습니다.

벚꽃 흩날리는 이 시기가 되면 왠지 밖으로 나가고 싶어지죠.

저도 봄이라 그런지 갑갑한 작업실이 아니라 밖으로 나가고 싶어졌습니다.

그래서 작업용 노트북 컴퓨터를 챙기고, 독서대 및 휴대용 책상과 좌식 의자까지 다 챙겨서 친구 건물 옥상으로 갔습니다. 친구 건물이 공원 근처에 있어서, 광합성하면서 일하기 좋거든요. 부자 친구에게 마음속으로만(^^) 감사하며 작업 준비를 하는데…… 아뿔싸! 번역 원서를 안 챙겨왔습니다. 결국 가슴으로 뜨거운 눈물을 흘리며 작업실로 돌아간 저는 쓰디쓴 에스프레소를 들이키며 집에서 일을 했습니다.ㅠㅜ

여러분은 외출하실 때, 빠뜨린 게 없는지 꼭 체크하시길!

그럼 『새 엄마가 데려온 딸이 전 여친이었다』 10권에 관해 이야기를 좀 해볼까 합니다.

스포일러가 포함되어 있을 수도 있으니 본편을 안 읽으신 분은 유의해주시길!

『새 엄마가 데려온 딸이 전 여친이었다』 10권은 책 한 권을 탈탈 털어서 미즈토와 유메가 만리장성(^^)을 쌓는 이야기를 하고 있습니다.

지난 권에서 두 사람이 다시 사귀기 시작했으니, 아직 만리장성은 한참 뒤려나? 했습니다만…… 역시 예전 커플 겸 현 의붓남매, 서슴없이 진도를 나가는군요, AHAHA.

그렇다고 해서 너무 에로 쪽으로만 치닫는 게 아니라, 두 사람이 서로에게 다가가는 구도와 심리를 아름답게 잘 그려내고 있습니다. 의붓남매이자 옛 연인이자 현 연인이라고 하는 복잡한 관계인 만큼, 아직 해본 적 없는 『처음』에 다가서는 건 쉽지 않았습니다. 하지만 뜻밖의 기회와 두 사람의 노력, 그리고 『남매 룰』을 통해 미즈토와 유메는 더욱 깊게 맺어질 수 있었습니다.

그런 두 사람의 풋풋하면서도 농밀한 시간을, 독자 여러분께서도 재미있게 읽으셨기를 진심으로 빕니다!

그럼 이만 줄이겠습니다.

언제나 좋은 작품을 맡겨주시는 L노벨 편집부 여러분에게 진심으로 감사드립니다. 새로운 둥지에서 더 높이 날아오르시길 빕니다!

외식은 무조건 밀면! 이라 외치는 악우여. 나도 밀면 좋아하지만, 이 쌀쌀한 날씨에 얼음 동동 떠 있는 밀면은 아니잖아. 이빨 시렵다고.ㅠㅠ

마지막으로 언제나 제게 버팀목이 되어주시는 어머니와 『새 엄마가 데려온 딸이 전 여친이었다』를 읽어주신 모든 분께 진심으로 감사드립니다.

2학년이 된 이리도와 미즈토의 교내 비밀 교제(^^)가 본격적으로 시작되는 11권 역자 후기 코너에서 다시 뵙겠습니다!

2024년 3월 말
역자 이승원 올림

새 엄마가 데려온 딸이 전 여친이었다 10

초판 1쇄 발행 2024년 6월 10일

지은이_ Kyosuke Kamishiro
일러스트_ TakayaKi
옮긴이_ 이승원

발행인_ 최원영
본부장_ 장혜경
편집장_ 김승신
편집진행_ 권세라 · 최혁수 · 김경민 · 최정민
커버디자인_ 양우연
국제업무_ 박진해 · 전은지 · 남궁명일
관리 · 영업_ 김민원 · 조은걸

펴낸곳_ (주)디앤씨미디어
등록_ 2002년 4월 25일 제20-260호
주소_ 서울시 구로구 디지털로 32길 30, 코오롱디지털타워빌란트 1301-1308호
전화_ 02-333-2513(대표)
팩시밀리_ 02-333-2514
이메일_ lnovellove@naver.com
L노벨 공식 카페_ http://cafe.naver.com/lnovel11

MAMAHAHA NO TSUREGO GA MOTOKANO DATTA Vol.10
TE O NOBASEREBA KIMI GA IRU
©Kyosuke Kamishiro, TakayaKi 2023
First published in Japan in 2023 by KADOKAWA CORPORATION, Tokyo.
Korean translation rights arranged with KADOKAWA CORPORATION, Tokyo.

ISBN 979-11-278-7615-9 04830
ISBN 979-11-278-6075-2 (세트)

값 8,500원

이 멋진 세계에 축복을! 1~17권, 요리미치! 1~3권

아카츠키 나츠메 지음 | 미시마 쿠로네 일러스트 | 이승원 옮김

게임을 사랑하는 은둔형 외톨이 소년, 사토 카즈마의 인생은
너무도 허무하게 그 막을 내린…… 줄 알았는데,
정신을 차려보니 눈앞에 여신을 자처하는 미소녀가 있었다.
"이세계에 가지 않을래? 원하는 걸 딱 하나만 가지고 가게 해줄게.",
"그럼 널 가지고 가겠어."
이리하여, 이세계로 넘어간 카즈마의 대모험이 시작……되나 싶었는데,
결국 시작된 것은 의식주 확보를 위한 노동이었다!
카즈마는 그저 평온하게 살고 싶지만,
문제를 연달아 일으키는 여신 때문에 결국 마왕군에게 찍히고 마는데?!

애니메이션 방영 화제작!!

변변찮은 마술강사와 금기교전 1~22권

히츠지 타로 지음 | 미시마 쿠로네 일러스트 | 최승원 옮김

알자노 제국 마술 학원의 계약직 강사인 글렌 레이더스는 수업 중
자습 → 취침 상습범.
그러다 웬일로 교단에 서나 싶으면 칠판에 교과서를 못으로 고정해놓는 둥,
그야말로 학생들도 기가 막혀 하는 변변찮은 강사다.
결국 그런 글렌에게 진심으로 화가 난 학생,
「교사 킬러」로 악명이 자자한 시스티나 피벨이 결투를 신청하지만—
이 해프닝은 글렌이 허무하게 패배하는 안타까운 결말로 막을 내린다.
하지만 학원에 닥친 미증유의 테러 사건에 학생들이 휘말리자,
"내 학생에게 손대지 마!"
비로소 글렌의 본성이 발휘된다!

TV애니메이션 방영 화제작!!

일주일에 한 번 클래스메이트를 사는 이야기 1권

하네다 우사 지음 | U35(우미코) 일러스트 | 이소정 옮김

그녀— 미야기는 이상하다. 일주일에 한 번 오천 엔으로 나에게 명령할 권리를 산다.
같이 게임을 하거나 과자를 먹여달라고 하거나,
가끔씩 기분에 따라서는 위험한 명령을 내리기도 한다.
비밀을 공유하기 시작한 지 벌써 반년이 지났지만,
그녀는 「우리는 친구가 아니야」라고 말한다.
저기, 미야기. 이게 우정이 아니라면 우리는 무슨 관계야?

그 사람— 센다이가 아니면 안 되는 이유는, 지금도 딱히 없다.
내 우연한 변덕에 그녀가 따라줬다. 단지 그뿐.
그래서 나는 어떤 명령도 거부하지 않는 그녀를 오늘도 시험한다.
……내년 봄, 만약 다른 반이 되더라도, 그녀는 이 관계를 계속 이어가줄까.
지금은 그게 조금 신경 쓰인다.

©Ghost Mikawa 2022 Illustration：Hiten
KADOKAWA CORPORATION

의매생활 1~6권

미카와 고스트 지음 | Hiten 일러스트 | 박경용 옮김

고교생 아사무라 유우타는 부모의 재혼을 계기로,
학년 제일의 미소녀 아야세 사키와 남매로서 한 지붕 아래 살게 됐다.
너무 다가가지 않고, 대립하지도 않으며, 적절한 거리감을 유지하자고 약속한 두 사람.
가족의 애정에 굶주린 고독 속에서 노력을 거듭해왔기에
다른 사람에게 어리광 부리는 방법을 모르는 사키와,
그녀의 오빠로서 어떻게 대해야 할지 몰라 당황하는 유우타.
어쩐지 닮은 구석이 있는 두 사람은,
같이 생활하면서 차츰 편안함을 느끼게 되는데…….
이것은 언젠가 사랑에 빠질지도 모르는 이야기.

**완전한 남이었던 남녀의 관계가 조금씩 가까워지며
천천히 변해가는 나날을 적은, 연애 생활 소설.**

L NOVEL

꿈을 꾸지 않는다
산타클로스의
청춘 돼지는

카모시다 하지메 지음
미조구치 케이지 ● 일러스트
이승원 옮김

©Hajime Kamoshida 2023
Illustration:Keji Mizoguchi
KADOKAWA CORPORATION

청춘 돼지는 바니걸 선배의 꿈을 꾸지 않는다 1~13권

카모시다 하지메 지음 | 미조구치 케이지 일러스트 | 이승원 옮김

아즈사가와 사쿠타는 도서관에서 야생의 바니걸과 만났다.

바니걸의 정체는 사쿠타가 다니는 고등학교의 선배이자,
활동 중지중인 인기 탤런트 사쿠라지마 마이였다.
며칠 전부터 그녀의 모습이 『주위 사람들에게 보이지 않는 현상』이 발생했고,
이것은 인터넷상에서 화제가 되고 있는
불가사의 현상 『사춘기 증후군』과 관계가 있는 걸까.
원인을 찾는다는 이유로 마이와 가까워진 사쿠타는 이 수수께끼를 풀려고 하지만,
사태는 생각지도 못한 방향으로 나아가는데—?

하늘과 바다로 둘러싸인 마을에서, 나와 그녀의 사랑에 얽힌 이야기가 시작된다.

**하늘과 바다로 둘러싸인 마을에서 시작되는
평범한 우리의 불가사의한 청춘 러브 코미디!**

라이트노벨의 새로운 빛! 니노벨의 신간은 매월 10일에 발매됩니다. http://cafe.naver.com/lnovel11

©Sunsunsun, Momoco 2023 / KADOKAWA CORPORATION

가끔씩 툭하고 러시아어로 부끄러워하는 옆자리의 아랴 양 1~6권

SUN SUN SUN 지음 | 모모코 일러스트 | 이승원 옮김

이 나 메냐 또제 로제 아브라티 브니마니예
"И на меня тоже обрати внимание."
"어, 뭐라고 한 거야?"
"별거 아냐. 【이 녀석, 진짜 바보네】하고 말했어."
"러시아어로 독설 날리지 말아줄래?!"
내 옆자리에 앉은 절세의 은발 미소녀, 아랴 양은 의기양양한 미소를 지었다.
하지만, 사실은 다르다.
방금 그녀가 말한 러시아어는 【나도 좀 신경 써줘】란 의미다!
실은 나, 쿠제 마사치카의 러시아어 리스닝은 원어민 레벨이다.
그런 줄도 모르고, 오늘도 달콤한 러시아어로 애교 부리는
아랴 양 때문에 입가가 쉴 새 없이 실룩거리는데?!

전교생이 동경하는 초 하이스펙 러시안 여고생과의
청춘 러브 코미디!

라이트노벨의 새로운 빛! ㄴ노벨의 신간은 매월 10일에 발매됩니다. http://cafe.naver.com/lnovel11